徳間文庫

問答無用

稲葉　稔

徳間書店

目次

第一章　冷たい雨

一

糠漬《ぬかづ》けの大根をぽりぽり嚙《か》み、ばさばさの飯に湯をぶっかけただけの〝もっそう飯〟をすすり込んだ。それからゆっくり、ぬるい湯を、茶と思って飲む。

佐久間音次郎《さくまおとじろう》は喜怒哀楽をなくした顔で、使った椀を塵紙《ちりがみ》一枚で丁寧にふき取って留口《とめぐち》（幅三尺の潜り戸の出入口）横に置いた。

西奥の揚屋《あがりや》には、八人の囚人が入れられていた。犯したうえで女を絞め殺した坊主がひとり、あとは音次郎と同じお目見え以下の御家人だった。

朝夕二度の食事は日々変わることがない。

もっそう飯と汁、糠漬けの大根、それに湯……それだけだ。

もっとも差し入れもあるにはあるが、牢暮らしが長くなれば、外のものに見放されるのか、次第に途絶えてゆく。

飯を食い終えたものはそれぞれの持ち場――いつしか自然に決まった自分の居場所――に収まるように座り込む。

間口二間半、奥行き三間だから、およそ十五畳の広さか。留口の両脇は格子になっており、残り三方は板壁、部屋の右奥に雪隠《せっちん》。糞尿の臭い漂う薄暗くて寒々しいところだ。縁のない琉 球《りゅうきゅう》畳敷きではあるが、朝夕の寒さは骨身に応える。もっともこれが厳冬期でなく、徐々に寒気がゆるむ二月初旬であるから救いはあった。

「佐久間さん、声がありませんね」

話しかけてくるのは四日前に入牢した堀口次兵衛《ほりぐちじへえ》というものだった。罪状は音次郎と同じ「殺し」。幕府御用達《ごようたし》の札差しを殺した廉《かど》で死罪を受けていた。

音次郎は返事をしなかった。ただ黙ってすり切れた畳の目を凝視するだけだ。

「声がないと尻がもぞもぞして、どうにも落ち着きません。大牢のものたちの歓声も聞こえないと、つぎは我が身かと体が縮みます」

次兵衛は勝手にしゃべる。

音次郎の入っている牢の左隣は女囚専用の西揚屋、右隣が大牢だった。次兵衛のいう「声」とは、朝五つ（午前八時）の飯後にまわってくる牢番の通達である。これは平当番と呼ばれるものだが、正式には世話役同心である。

通達は「本日のご沙汰はないぞー」という声である。これは死罪の執行がないことを意味する。

「……拙者は早く呼ばれたい」

それまで黙っていた音次郎が声を漏らした。

次兵衛が「ヘッ」と、音次郎を見た。

「死ぬのが怖いか？」

音次郎はどこか狐を思わせる次兵衛の細い目を、射竦《いすく》めるように見た。

「そ、そりゃ……」

「人を殺しておきながら己だけは生き延びたいと申すか」

「…………」

次兵衛は声もなく黙り込んだ。

「虫のよいことを……」

「わたしも早くこの首を落とされたいものです」

口を挟んだのは良賢《りょうけん》という坊主だった。

「この牢獄にいることが拙僧には地獄でござる。死してなお地獄の責め苦を味わうでしょうが、どうせそうなるならさっさと苦しみ悶《もだ》え抜いて、楽になりとうございます。死ねば苦痛も減じようというものです」

良賢は蚤《のみ》でもいるのか脇の下をぼりぼり掻《か》いた。剃《そ》り上げていた頭には毛が生えており、毬栗《いがぐり》になっている。

「死んだほうが楽になりますか……?」

次兵衛は目をしょぼつかせる。

「怖いとか辛《つら》いとかは人の考えです。煩悩《ぼんのう》というやつはこの頭にあるわけですな。堀口さんが毎朝ビクビクするのも考えることができるからなのです」

「考えるから……」

次兵衛は宙の一点を惚《ほう》けたように眺めた。

「考えることができなくなれば、怖いことなど何もありませんよ」

「それじゃ死んだら考えることができなくなると……」

「それは死んでみなければわかりませんが……。ともかく、地獄や極楽などというのは、浮き世のものが考えついたことではございませんか。まことのところは、どうかわかりませぬが、死んだらただ単に土に還《かえ》るだけかもしれません」

「土に……」

牢内のものは次兵衛と良賢の他愛もない話に耳を傾けていたが、音次郎だけは何も聞いていなかった。その目は次兵衛の汚れた足に向けられていた。爪に垢《あか》が溜まり黒くなっていた。厚い層をなした足裏の皮膚には、皹《ひび》が走っていた。

すうっと視線をあげると、手桶を持った牢屋下男《ろうやしもおとこ》が牢格子の向こうを通り過ぎていった。音次郎はゆっくり、じつにゆっくりと視線を手許に戻してゆく。

牢屋下男が歩くのは、鞘土間《さやどま》と呼ばれる通路である。留口を出たところは三尺幅の框《かまち》になっていた。

視線を戻した音次郎は膝に置いた、自分の拳をじっと眺めた。

この手で、浜西吉左衛門《はまにしきちざえもん》を斬ったのだ。

拳を開いて結んだ。

――斬る以外になかった。

音次郎は顔をあげると、囚人たちの腐臭を吸い、垢と埃《ほこり》でくすんだ板壁を凝視した。ぼやけた柾目《まさめ》の走る板壁には小さな蜘蛛《くも》が張りついていた。

誰が……いったい誰の仕業だったのだ！

くわっと、開いた目をぎらつかせた音次郎は心中で叫んだ。

二

音次郎は将軍外出時の警護を役目とする御徒衆《おかちしゅう》であった。徒組には一番から二十番方まであるが、音次郎は組頭を含めて十五人という小所帯の十一番組に属していた。浅草新堀端《しんぼりばた》袋町の組屋敷住まいで、普段は組頭の役宅に詰めていた。詰めるといっても公儀の用がなければ、これといった仕事もない。

自然、同じ徒組のものは朝から飽きもしない話に明け暮れるか、碁を打ったり将棋を指したり、はたまた読書をして昼寝をするぐらいである。熱心に剣術の稽古に励むものもいるが、全体的に怠惰な日々を送るものが多い。

だが、音次郎はそんな徒組のなかでは異色の存在だった。武芸に秀でており、暇があれば剣術の稽古に励み、学問にも熱心であった。

組頭も音次郎には一目置き、

「わしのつぎに組頭になるのは、佐久間以外にはおるまい」

と、人前でも太鼓判を捺《お》すほどであった。

周囲にも人望があり、いずれ音次郎が推挙される日も間近だと思っているものが少なくなかった。ただし、人の出世を羨《うらや》んだり妬《ねた》んだりするものがいるのは世の常だ。同じ十一番組にも、音次郎をやっかむ浜西吉左衛門というものがいた。

以前は、吉左衛門、音次郎と気さくに呼び合う仲であったが、周囲のものが音次郎を持ちあげるようになると、

「あの男、ただ真面目が取り得だけの堅物ではないか」

などと、吉左衛門は陰口をたたくようになった。

同じ徒組内のことだから音次郎の耳にも聞こえてくるが、

「放っておけ。悪口をいって気がすめばそれでよいではないか。おれはいっこうに気にはしておらぬ」

と、告げに来たものを諭すのが常だ。それがかえって音次郎の株を上げることになるから、ひとりヤキモキするのは吉左衛門というわけだ。

その吉左衛門の不満が爆発したのが、雪のちらつく寒い晩であった。それは組内で行われる月に一度の宴席でのことだった。

音次郎は、酩酊《めいてい》しご機嫌になった仲間の唄や踊りに、笑い声をあげ楽しく飲んでいた。浅草黒船町の貸座敷はにぎわっており、他の座敷からも三味や鼓の音と女たちの嬌声《きょうせい》が聞こえていた。

酒に酔った仲間の踊りが終わると、音次郎は我慢をしていた小用に立った。廊下に出ると、しんとした寒さが板の間から這《は》い上ってきたが、火照《ほて》った体にはほどよく、また酔い醒《ざ》ましにもなった。

縁側の障子窓を開けると、闇に包まれた大川（隅田川）に町屋の明かりが映り込んでいた。目の前の黒船河岸ではつけられた船が互いの体をぶつけ合い、コトコトと音を立てていた。

用を足して厠《かわや》から出たときだ。廊下に吉左衛門が立っていた。それだけなら音次郎は奇異に思わなかっただろうが、吉左衛門は手にした刀の鯉口《こいくち》を切っていた。

その片目は廊下に掛けられた常夜灯の明かりを受け、赤く輝いていた。

「どうした？　酒が過ぎたか……」

音次郎は普段のように声をかけたが、

「貴様、おれを馬鹿にしておるな」

「……なに？」

「小馬鹿にしておるだろう。うだつの上がらないやつだと、大声をあげて笑っておるだろう。知らぬとでも思っておるのか」

「馬鹿になどするものか。とんだ誤解だ」

「黙れッ！　貴様はおれのことを笑っておった。この宴会が始まってからずっと笑っておった。蔑《さげす》んだ目でおれを見ていた」

「なにを苛《いら》ついておる。落ち着け。おれは何もそんなことはしておらぬ。みんなと楽しく飲んでいるだけではないか」

「許さぬッ！」

吉左衛門は叫ぶなり抜刀し、下からすくい上げてきた。音次郎は半歩下がってかわすなり、吉左衛門の懐に飛び込み刀を持つ腕をつかみ取った。

「馬鹿な真似はよせ」

「うるせえ！　放しやがれッ！」

吉左衛門は音次郎を振り払おうとしたが、酒が過ぎているせいで思うようにいかない。騒ぎを聞きつけたものたちが廊下に飛びだしてきた。

「おれはおぬしが許せんのだ。気に食わぬのだ」

「とんだいいがかりだ」

音次郎は力まかせに抗《あらが》う吉左衛門の腕をひねりあげた。その拍子に刀が格子窓に入ったと思うや、暴れる吉左衛門の体重が必要以上に刀の柄《つか》にかかった。刀は縦の力には強いが、横の力には弱い。案の定、刀身がぱきりと音を立て折れてしまった。

「あ!」

吉左衛門が驚愕《きょうがく》に目を見開き、一瞬抗うのをやめたそのとき、音次郎はすかさずひねりあげた手から折れた刀を奪い取り、そのまま腰を払って吉左衛門を床に倒した。

「き、貴様、おれの大事な刀を……おれの刀を……」

床に這いつくばった吉左衛門は獰猛《どうもう》な獣のような目でにらみあげてきた。

「吉左衛門……頭を冷やせ」

吉左衛門は口をゆがめ、うなり声を発するだけだった。

「……刀は弁償する」

音次郎は奪い取った折れた刀を廊下に放ると、そのまま背を向けて宴席を離れた。

「馬鹿にしやがって!」という、吉左衛門の悲痛な声が追いかけてきたが、音次郎はやるせなく首を振るだけだった。

翌日、吉左衛門は役宅に姿を現さなかった。

醜態を見せたのが恥ずかしくてこれないのだろうと、組内の誰もが吉左衛門を非難し、音次郎の肩を持った。組頭の中山久右衛門《なかやまきゅうえもん》も二、三日様子を見、ほとぼりが冷めたころ説教しようといっていた。

ところが二日目の晩である。

務めを終えて自宅に帰った音次郎は、戸口に入るなり我が目を疑った。血だらけになった妻・お園《その》が、土間に横向きの状態で倒れていたのだ。居間にはひとり息子の正太郎《しょうたろう》が背中を斬られ事切れていた。

正太郎は框《かまち》をあがったすぐのところでうつ伏せに倒れているので、おそらく背後から斬りつけられたのだろう。

必死に逃げようとしたのか、両手の爪は畳にしっかり食い込んでいた。音次郎は開いていた両の目を閉じてやると、胸を斬られていた妻の様子も見た。ところがこっちにはかすかな息があった。

「お園、しっかりしろ。お園……」

やさしく抱きあげてやると、お園はうっすらと目を開き、唇を小さく震わせた。

「誰にやられた？　誰がこんなひどいことを……」

「……は、はまに……し……」

「なに、吉左衛門がやったと申すか！　お園……」

だが、それが最期だった。お園は音次郎の腕のなかでがっくりと首をうなだれ、二度と息を吹き返さなかった。

「何故、何故、妻と子を……吉左衛門、そんなにおれのことが……」

歯を食いしばり、腹の底から声を絞り出した音次郎は、悲しみと憎しみの混ざった目をぎらつかせた。

敵《かたき》を討ちに行ったのはその直後である。

ところが、吉左衛門は人を殺しておきながら自宅屋敷でのんびりくつろいでいるではないか！　音次郎の憎悪は激しく燃え立った。

玄関に出てきた小者に取次を頼むと、吉左衛門はいつものふてぶてしい顔で出てきた。無論、刀など差していなかった。

「貴様、いいわけなどさせぬぞ！」

音次郎はそういうや、吉左衛門の肩口から胸を袈裟懸《けさが》けに斬った。肩から血潮を噴き出す吉左衛門は、両手で空をつかみながらのけぞり、そして前のめりになった。それで十分だったが、音次郎の憤怒は収まらず、さらに胴腹を斬り抜いた。

屋内で吉左衛門の家族の悲鳴が沸きあがった。血刀を下げた音次郎は、その家族をひとにらみすると、そのまま役宅に赴き、組頭にことの次第を報告し、ついで目を置かず目付の調べを受けた。

敵討ちはそのまま認められるはずだったが、音次郎は新たな衝撃に打ちのめされた。

音次郎の妻子が惨殺されたその日、吉左衛門は家から一歩も出ていないことが目付の調べでわかったのだ。

——吉左衛門は無実だった。

結果、妻子を失った音次郎は、南町奉行所において目付・杉山忠景《すぎやまただかげ》立ち合いのもと、奉行・池田筑後守《いけだちくごのかみ》から「死罪を申し渡し、揚屋へ遣わす」という宣告を受け、牢屋入りとなった。

それが、二十日前のことであった。

三

「……生き延びたかったら、この牢を破るしかないでしょう」

「そんな、牢破りなんて……」

良賢と話をつづけていた次兵衛はそのまま黙り込んだ。

自分の過去に頭をめぐらしていた音次郎が、我に返ったのはその二人の話が途切れたときだった。

牢内はいたって静かである。もっとも大牢内で喧嘩《けんか》騒ぎの声や、新入りの囚人が私刑にあう悲鳴もあるが、それも日常茶飯事ではない。

牢内のものはぼそぼそ声を低めて話をするし、牢に入れば誰しも寡黙になるようだ。ときどき牢格子の向こうの鞘土間を、突棒《つくぼう》を持った牢番が通り過ぎてゆく。そうやって日に何度か見廻りをするが、牢内をぞんざいに見てはつぎの牢に移ってゆく。ときに病人が出れば鍵役助役《かぎやくすけやく》がやってきて、病人を連れだすが、そのときは叱咤《しった》の声が飛ぶ。

「こんな時分に熱があるなどとぬかしやがって、仮病じゃねえだろうな」

鍵役助役や牢番が不機嫌になるのは、牢屋医師が朝夕に見廻るからで、なぜそのときに訴え出なかったのだというのだ。

また、差し入れや手紙が届けられるときもちょっとした騒ぎになる。誰もが人のものをほしがるからで、大牢内では奪い合いもあるようだ。

原則的に外部との連絡や買い物は禁じられているが、これには抜け道があった。金《ツ》銭《ル》を俗に張番といわれる牢屋下男に握らせれば、融通してくれるのだ。ただし焼き芋一個でも下穿き一枚でも、その価格の他に一分が必要だった。

囚人が金を持っているのはおかしいが、牢送りとなったものは牢内のことをある程度聞き知っており、あの手この手の苦肉の策を練って金を持ち込むのが常だった。

また、牢屋下男は年に一両二分という低給であるがために、余禄の稼ぎがなければ生計《たつき》がままならないので、上役の同心らも見て見ぬふりをしている。

「……早くお裁きを受けたいものだ」

音次郎の隣に座っているものが、ぼそりと声を漏らした。

桑名新兵衛《くわなしんべえ》という四十過ぎの男で、小普請方で刃傷沙汰《にんじょうざた》を起こして牢入りとなっていた。目付の調べはあらかたすんでいたが、裁きはまだ下りていなかった。

「蟄居《ちっきょ》か逼塞《ひっそく》だとは思うが、こんなところにいるぐらいなら素直に罪を認めてやるか」

蚊の鳴くような声で桑名新兵衛はぼやいた。

音次郎はその弱り切った横顔をちらりと見ただけで、言葉は返さなかった。

牢屋敷は過料を収められないものや、入牢を実刑として本刑に代えられたものが入る過怠牢《かたいろう》や、永牢《えいろう》をいい渡されたもの、あるいは流罪で船待ちをさせられているものもいるが、基本的には未決囚がほとんどだった。

「ここで、裁きの下りた人は……」

桑名新兵衛は暇にまかせて、牢内にいるものたちの暗い顔を眺め渡した。

刑の執行を待つばかりの音次郎は視線を外した。

「桑名さん、まだ調べはあるんですか？」

聞いたのは次兵衛だった。

「あらかた終わっているはずだが、どうなっているのやら……」

「救いの道があるからよいですね。それに比べ、わたしと佐久間さん、そして良賢さんは……」

次兵衛は深いため息をつく。

音次郎もため息をつきたい心境であったが、黙って畳の目を無為に数えたり、板壁に目を注ぐだけだ。

ただ、胸の内には首を斬られる前に、妻子を殺した下手人が誰であるか、せめてそれだけでも知りたいという思いがあった。自由の身であれば、手がかりを見つけ、どこまでもその下手人を追うことができるのだが、死を待つだけの囚われ人となった今はなにもすることができない。

牢内は昼間でも暗いが夜ともなれば、常夜灯の明かりだけでほとんど闇に支配される。天気がよいのか悪いのかもわからない。雨のときだけ、屋根をたたく雨音でそれと知ることができるくらいだ。

それから二日後に、桑名新兵衛は取り調べに連れだされたまま帰ってこなかった。おそらく刑が決まったのであろう。蟄居か逼塞なら、自宅謹慎ということになる。

その翌日には、坊主の良賢が早朝に呼び出された。これは死罪であるから、そのまま刑場に向かったのだろう。

良賢は牢を出る際、真っ青な顔で、

「お世話になりました。先に地獄でお待ちしております」

と、みんなに一礼をして去っていった。

その日のうちに新たな囚人が送り込まれて来、またその翌日にも新入りがあった。

隣は女囚の牢だが、そこにも出入りがあったようだ。囚人の誰もがそんなことに敏感になっていた。その向こうが張番所と当番所になっており、順番に遠島部屋と呼ばれる東揚屋、東奥揚屋、東大牢、東二間牢となる。

牢暮らしは退屈以外の何ものでもない。

七つ半（午前五時）前に起き、牢内の巡回を受け、朝五つに朝食、昼四つ（午前十時）に御徒目付の巡視を受けるが、これは抜き打ち的に行われた。牢内改めも五、六日に一度あり、このときだけ囚獄と恐れられる牢屋奉行・石出帯刀《いしでたてわき》の姿を見る。

囚獄は牢屋見廻り同心・牢屋同心・鍵役・平当番などを引きつれて歩く。その顔は凛々《りり》しく、一切の同情を許さない厳しさに満ちている。

夕七つ（午後四時）に夕食となり、朝と同じ食事を腹のなかに収める。

暮れ六つ（午後六時）から平当番と提灯《ちょうちん》を持つ張番、そして拍子木を打って歩く手間《テンマ》による見廻りがはじまる。これは明け六つ（午前六時）まで、断続的に行われる。

就寝の時刻はとくに決まっていないから、夕食が終わればそれぞれ勝手に横になるのが常だ。

「お呼び出しがある」

良賢が牢を出ていってから四日目の朝、音次郎の牢前で牢屋同心が立ち止まった。

「浅草新堀端袋町、御徒組十一番佐久間音次郎」

自分の名を呼ばれた音次郎は、はっと顔をあげて牢屋同心を見た。

「……飯を食ったら呼び出しだ」

若い牢屋同心はさっと背を向け、去っていった。

牢内の誰もが音次郎を見ていた。あるものは憐憫《れんびん》を込めた目で、あるものは同情の目で、そしてあるものは無表情であった。

音次郎は目方正味八十五匁《もんめ》のもっそう飯をゆっくり食い、味も素っ気もない透けた汁をすすった。

すでに覚悟はできていた。妻子を殺した下手人のことがわからないのは心残りではあるが、もはや自分の過ちを悔いても仕方なく、辞世の句を詠む心境にもならなかった。

飯を食い終えた音次郎は、着物の襟を正し、帯を結び直した。お仕着せを着ているものもいるが、ほとんどのものが自前であった。

着衣を整えると、静かに瞑想《めいそう》した。

浜西吉左衛門とその家族に懺悔《ざんげ》をし、先に殺された妻子のことを思った。死ねば、お園と正太郎に会えるかもしれぬ……。

単なる思い過ごしかもしれないが、そうなることを祈らずにはいられない。

外鞘にいくつかの足音が聞こえた。

音次郎はぴくりとこめかみを動かして両目を開け、耳をすました。足音は徐々に近づいてくる。やがて、牢屋同心と二人の張番が、留口の前に立った。

四

呼び出しを受けた音次郎は、留口を出たすぐの框で張番に後ろ手に縛りあげられる

と、一度、牢のものたちを振り返って、

「……お達者で」

軽く頭を下げて牢屋同心のあとに従った。

二十数日ぶりに表に出た音次郎は、外の光に一瞬目を細めたが、見あげた空は曇っていた。冷たい風が剝《む》き出しの肌を刺しに来た。音次郎はそれを心地よく感じ、大気を胸いっぱい吸い込んだ。これが今生の別れである。

改《あらため》番所の前で止められると、検使《けんし》の役人から死罪に処する旨の教書（判決文）が読みあげられたが、音次郎の耳には何も入ってこなかった。

ただ、本人の確認が取られるときだけ、

「佐久間音次郎、三十三歳、浅草新堀端袋町、元御徒衆十一番組」

張りのあるしっかりした声で答え、口を引き結び、下腹に力を入れた。

新たに出てきた張番にまわりを囲まれ、牢庭の門を出た。左に張番所があり、正面に穿鑿《せんさく》所があった。足許の地面には小砂利が敷き詰められている。

「こっちだ」

牢屋同心が切り場（死罪場）につづく道を促した。

すでに浮き世への未練は断ち、腹はくくっていた。あとはひと思いに首を刎《は》ねられるだけだ。それでも、死への恐怖をぬぐい去れないのか、我知らず胴震いをした。

自分を取り囲む張番たちの足音が、やけに耳に響いた。音次郎はまっすぐ前を向いたままだ。切り場につづく小道を吹き渡る風が、音次郎の乱れた髪を揺らした。

やがて、視界が開け、切り場が見えた。右の検使場から羽織《はおり》袴《はかま》姿の役人が二人現れ、音次郎に一瞥《いちべつ》をくれたが無言であった。

さらに五、六間歩かされたところで、先導していた牢屋同心が振り返った。

「止まれ」

ここで目隠しをされるのか……。

音次郎は静かに息を吐いて目をつむった。

「おまえたちはここまで、下がれ」

その声でざわついた足音がして、周囲から人の気配が消えた。そっと目を開けると、自分を取り囲んでいた張番たちが、来た道を引き返していた。

さらに、先導してきた牢屋同心は音次郎に近づくと、無言で縛《いまし》めの縄を切った。

どういうことだと、はっと目を瞠《みは》ったが、相手は検使場の前に立つ、ひょろりと背の高い役人に目顔でうなずいただけだった。

「佐久間音次郎、これへ」

背の高い役人に扇子で手招きをされた。

わけがわからなかったが、音次郎はその役人のそばに行った。ぷうんと、鬢付《びんつ》け油の匂いが鼻をついた。

役人は冷ややかな目で音次郎を眺めると、

「ついてまいれ」

役人は背を向けたが、音次郎はすぐに動くことができず、「早くしろ」と、牢屋同心に背中を押されて、やっと歩きだすという始末だ。

役人は検使場の裏から、井戸端を通り牢屋同心の長屋と囚獄・石出帯刀の役宅に挟まれた路地を進んだ。

「これは、いったいどういうことで……」

「黙れッ！」

疑問は後ろから影のようについてくる牢屋同心に一蹴《いっしゅう》された。

「こちらだ」

役人が示すのは、石出帯刀の役宅の勝手口であった。

立ち止まった役人は、今度は牢屋同心を追い払うように、

「おまえはこれまで、下がってよい」

同心が去ると、音次郎は勝手口から屋敷内に導かれ、そのまま長い廊下を右に左に折れて進んだ。

廊下はよく磨き込まれており、漆でも塗ったように黒光りしていた。

やがて通されたのは、裏庭に面した小座敷であった。

丸火鉢が置かれており、その脇に書見台と煙草盆《たばこぼん》、火の点《とも》っていない燭台《しょくだい》があった。

何が何だかわけのわからない音次郎は、小さな床の間に飾られた椿《つばき》の一輪挿しの鮮やかさに、一瞬目を奪われた。

「拙者は牢屋同心頭の青山長右衛門《あおやまちょうえもん》と申す。ここで待っておれ」

青山はそういうと、そのまま座敷を出て、静かに障子を閉めた。

ついさっきまでいた臭くて汚い牢と違い、その部屋は清潔で静謐《せいひつ》であった。裏庭からはのどかな鳥のさえずりも聞こえてくる。

妙に落ち着かず、恐縮しながら座していると、一方の襖《ふすま》が音もなく開き、ひとりの男が現れた。

音次郎はその顔を見た瞬間、はっと息を呑《の》み、我が目を疑った。

五

部屋に入ってきたのは、牢屋奉行・石出帯刀本人だった。

音次郎は一瞬、凍りついたような顔になったが、すぐさまひれ伏した。

帯刀は衣擦《きぬず》れの音をさせ、床の間を背にしてゆっくり腰をおろした。

息苦しさを覚える短い間があった——。

牢屋奉行は世襲制であり、就任するものは代々「石出帯刀」と姓名を名乗る。

「……ふむ」

帯刀が小さくうなった。

音次郎は顔をあげることができず、ひたすら畳の目を凝視していた。

「面《おもて》をあげよ」

低くて物静かな声だった。

音次郎はゆっくりと顔をあげた。柿渋の小袖に、黒羽織と黒袴を着た帯刀の視線がじっと注がれていた。櫛目《くしめ》の通った髷《まげ》に、剃り跡青い月代《さかやき》がまぶしいほどだ。それより、その双眸《そうぼう》には、相手を威嚇《いかく》するのに十分な力があった。

「佐久間音次郎だな」

「はは……」

「長い牢暮らしだったな」

「………」

音次郎はどう返事をしてよいかわからないので黙っていた。

「楽にするがよい。そう固くなるな」

「はは」

わずかに顔をあげたが、両手は畳についたままだ。帯刀は目尻に小さなしわを作り、かすかな笑みを見せた。

「まあ、よいだろう。さて、話は手短にすますこととする。そのほうの所業とくと吟味いたしたうえでのことであるが、これからわしの話すことは、口が裂けても他言してはならぬゆえ、心して聞くがよい」

音次郎は刻《とき》が止まったように身じろぎもしなかった。

帯刀はつづけた。

「そのほうの刃傷沙汰はさておき、それまでの忠勤ぶり、剣の腕、またその厚き人望を買ってのことであるが、おぬしの命この帯刀がもらい受けた」

わけのわからないことに、音次郎はただ目を瞠るだけだった。

「これより一度死んで生まれ変わったと思い、この帯刀に仕えよ」

「それは……いったい……」

あまりにも突然、あまりにも予測しない成り行きに音次郎は戸惑うしかない。

「よいか」

帯刀は丸火鉢の縁に肘《ひじ》を乗せてつづけた。

「この牢屋敷に来る悪党には救いようのあるやつと、そうでないやつがいる。ことに救いようのない卑劣な外道《げどう》は、いくら性根をたたき直そうとしても、どんな厳しい罰を与えても埒《らち》が明かぬ」

帯刀は砕けた口調になって言葉をつないだ。

「おまけに、世情は悪くなる一方だ。これを改め太平の世を取り戻すには、諸悪の根元となる外道を断ち切るしかない。おぬしにはこれより、その極悪非道の輩《やから》どもを成敗してもらう役目をつかわす」

「そ、それは……」

「まあ、聞け。おぬしもうすうす知ってはおろうが、畜生外道の働きをしながら法の
「は……？」

目をかいくぐり、のうのうと生きているものがいる。また、そやつらの身代わりとなって、あるいは罪をなすりつけられてこの牢屋敷に送られてくるものもいる。さらに、裁きを受けた重罪人のなかには仲間の悪党をかくまっているものもいる。おぬしにはそれら極悪非道の悪党どもを、草の根をわけてでも捜しだし、天罰をくわえてもらう」

「天罰……」

「見つけ次第、問答無用に斬り捨ててかまわぬ」

音次郎は、ごくりと生つばを呑んだ。

「それでは、わたしの罪はいかがなさるのでございましょうか？」

「問わぬ」

帯刀は、きっぱりといった。

「おぬしはもう死んだのだ。……つい先ほど死罪を受けたことになっておる。それ故、今のおぬしは新たに生まれ変わった男である」

「しかし、なぜ、このわたしに……」

「まずはなにより、剣の腕を見込んでのことだ。それから厚い忠義心であろうか」

音次郎は困惑していた。目を左右に泳がせ、

「恐れながらお訊ねいたしますが、これはまことの話なのでございましょうか」

「からかっておると申すか？　この帯刀がおぬしを……」

カッカッカと、帯刀は甲高い声で短く笑い、それから急に真顔になった。

「冗談や嘘《うそ》をいうためにおぬしを呼びつけたのではない。これは正真正銘の真面目な話だ」

「しかし、これは御奉行の一存なのでございましょうか？」

「……答えるわけにはまいらぬ」

帯刀は口を引き結んで、顔をしかめた。

どうやら自分には計り知れないものが、囚獄の背後にあるようだと、音次郎は推量するしかなかった。

「一度捨てた命と思えば、この役目もまっとうできよう。相手は箸《はし》にも棒にもかからない下劣なものばかりだ。ともかく、そのほうの剣の腕と才知を買ってのことである。一度死罪になった身である。私利私欲を打ち捨て、世のため人のために一働きするのも悪くなかろう。どうじゃ、受けてくれるな」

音次郎はまっすぐ帯刀の目を見た。つい先ほどまで気後れを感じていたが、今はしっかり肝を据えていた。

「恐れながらお断り申しあげればどうなります？」

くわっと、帯刀の両目が見開かれた。

「断れば、このまま切り場に進むだけよ」

六

それから小半刻（三十分）後――。

音次郎は帯刀の役宅内で、愛刀「左近国綱《さこんくにつな》」と入牢《じゅろう》前の所持品を受け取り、牢屋同心頭の青山の導きで裏門から牢屋敷表に出された。

その際、音次郎はひとつだけ聞かせてくれと頼んだ。

「なんだ？」

青山は相も変わらずのいかめしい顔つきであったが、最前より接し方がやわらかくなっていた。

「わたしの妻と子を殺した下手人のことです。調べはどこまで進んでいるのでしょうか？」

青山は「それか」といって、曇った空を見あげてから、

「その件には関わるな。ただし、町奉行所の探索は進んでいないようだ。つまり下手

人は、未だわからずじまいということだ」

音次郎はため息をついた。

「ともかく、おぬしはこれより先、別人となって生きねばならぬ。過去に拘《こだわ》ることは許されない。……これから先のことは、吉蔵《よしぞう》という男の指示を仰げ」

「その男は？」

「向こうからおぬしに会いに来る。では……」

青山はくるりと背を向けると、そのまま牢屋敷内に戻っていった。音次郎はそこに立ちつくしたまま、裏門の潜り戸が閉じられるのを見ていた。扉は小さく軋《きし》んで、ばたんと閉まった。

音次郎は自分の足許を見た。その地面に、ぽつりと黒いしみができた。それはあたりに散らばりはじめ、やがて音次郎の鬢と頬にも張りついた。

冷たい雨だった。

命拾いをし、牢屋敷から出されたというのに、音次郎はその場からしばらく動くことができなかった。

いったい自分はこれからどこへ行けばいいのかわからなかった。自宅の組屋敷は当然没収されているから、そこへ帰るわけにもいかないし、御徒衆との接触も禁じられていた。

ともかく歩こうと、冷たい雨に打たれながら歩を進めた。雨は強くはなかった。いずれ雪に変わるかもしれない。

久しぶりに見る町に感慨はなかった。ただ、以前と変わらないだけだというぼんやりした思いがあるだけだった。変わらなければならないのは、一度死んだことになっている自分である。

神田堀を渡り、岩本町まで来たとき、雨が雪に変わりはじめた。空は黒々とした雲にすっぽり覆われていた。

「旦那」

突然、声をかけられたのは、店先から湯気を噴き上げている蒸かし饅頭屋《まんじゅうや》の前だった。店の女たちがさかんに呼び込みの声をあげていた。

音次郎はかけられた声のほうを振り返った。がっしりした体つきの小男で、左目が白く濁っていた。紺股引《ももひ》きに紺無地の法被《はっぴ》を着ていた。

「佐久間の旦那ですね」

男はやけに馴《な》れ馴れしい。

「……いかにも。おぬしは？」

「吉蔵と申します。まずはこれを被《かぶ》ってください」

吉蔵は手にしていた深編笠を渡した。音次郎が面食らっていると、吉蔵は声をひそめて言葉を足した。

「あまり顔を見られちゃまずいでしょ。死んだことになっているんですから……」

音次郎は黙って深編笠を被った。

「それじゃ、ついてきてくれますか」

吉蔵はそういって先を促した。

牢屋敷を出る際、青山に、これから先のことは、吉蔵という男の指示を仰げといわれていた。この男がそうなのか。

音次郎は釣られるようにあとに従ったが、

「おれのことを知っているのか？」

吉蔵は振り返って「へえ」というだけだ。

「もしや囚獄からの使いか……？」

「そんなとこです」

そっけなくいって吉蔵は足を急がせる。

「どこへ行く？」

「夜露がしのげなきゃ困るでしょ」

吉蔵は喉《のど》をつぶしたような低いかすれ声で答えた。行き場を失っている音次郎は、吉蔵にまかせることにした。

両国広小路の雑踏を抜けると、大川を渡って本所に入り、竪川《たてかわ》沿いの道を黙々と進んだ。大横川に架かる北辻橋《きたつじばし》を渡り、四ツ目之橋を過ぎた。

行き先がだんだん気になってきた。

「いったいどこへ連れてゆく？」

「もうすぐです」

吉蔵は短くしか答えない。

十間川《じっけんがわ》に架かる旅所橋《たびしょばし》を渡った。音次郎は前を歩く吉蔵を観察していた。体に無駄のない筋肉の塊をつけているのが、着物の上からもわかった。腕も太い。逞《たくま》しい両足はしっかり地面を踏みしめている。

中間《ちゅうげん》かその辺の使用人のなりだが、ただ者でないはずだ。無腰だが、足の運びで刀を扱えるのはそれとなく察することができた。

雪は強くならず、また積もりもしない。

小さな白い羽虫が舞うように降っているだけだ。

吉蔵は南本所瓦町を左に折れて亀戸村に入った。いきなり町屋が途切れ、寒々しい景色が広がった。このあたりは春先から夏にかけては、青田が広がり虫や蛙《かえる》の鳴き声がかまびすしい百姓地だ。

しかし、今は雑草が生えたり、野菜が植えられた畑と化している。ところどころに杉や竹の木立があり、畦道《あぜみち》に置き忘れられたように立っている松や欅《けやき》、あるいは椎《しい》の木が見られる。石をのせた藁葺《わらぶ》きの百姓家も散見された。

雪のちらつく小道を一町ほど進んだ吉蔵は、一軒の家の前で立ち止まった。雑木林に囲まれた、なんの変哲もない小さな百姓家だった。

「旦那の家です」

吉蔵が音次郎を振り返った。

「ここが今日から仮の住まいとなります。どうぞ、家のほうへ」

そういわれても、音次郎はすぐには動かなかった。

「ここが……おれの仮の住まい……」

「へえ、そうです」

家の裏の雑木林で鳥たちが騒々しく鳴き、十数羽の鳥が激しく羽音を立てて雪のちらつく空に舞い上がった。

第二章　おいてけ堀

一

落ち着いた百姓家には、普段の暮らしに必要なものがひととおり揃《そろ》っていた。家の近くには湧き水もあり、井戸を探す必要もなかった。焚きつけや囲炉裏《いろり》に使う薪《まき》も十分な量があった。

音次郎は家のことがわかると、近くを散策してみた。近所の地理ぐらい把握しておきたい。一町も歩けば町屋があり、不足の品はそこで揃えられることがわかった。家の周囲は畑だが、春になれば水が引かれ、田圃《たんぼ》に変わるはずだ。

また、家から北へ一町も行かないところに池があった。「おいてけ堀」という名だと知ったのは、釣りをしていた老人に教えられてのことで、少し驚いた。

それはこの池の噂《うわさ》を知っていたからである。以前は錦糸堀《きんしぼり》といわれていたらしいが、土地ものはいつしか「おいてけ堀」と呼ぶようになり、それが定着していた。

池の周囲は葦《あし》や薄《すすき》が繁茂する藪《やぶ》で、湿地が広がっている。

だが、鯉《こい》や鮒《ふな》、大きな鰻《うなぎ》がふんだんに棲息《せいそく》しており、釣りをしに来るものは絶えないらしい。ところが、その釣り人が帰ろうとすると、

「おいてけ、おいてけー」

と、どこからともなくそんな声が聞こえてくるという。

また、池には河童《かっぱ》が住んでおり、油断をすると足を引っ張って水のなかに引きずり込むという噂もあった。

その話を聞いて気味悪がったのは、まだ青年のころであったが、音次郎はどことなく薄暗く澱《よど》んだ色をしている池の水面を見て寒気を覚えた。

しかし、本当に魚が豊富にいるらしく、池のあちこちで「ぴちゃ、ぴちゃっ」と跳ねるのを見ることができた。

おいてけ堀は少し小高いところにあり、その堤に立ってさらに北を見ると、大きな屋敷を認めることができた。出羽《でわ》久保田藩の中屋敷だった。

付近の散策をあらかた終えた音次郎は、家路についた。ゴーンと、鳴り響く近くの

寺の鐘が空を渡っていった。日は徐々に長くなっているが、それでも黄昏《たそが》れると、太陽は釣瓶《つるべ》落としの勢いで沈んでしまう。

帰宅した音次郎は土間に入って立ち止まった。

家は六畳の板の間が、戸口を入って右側に二つ並んでいる。土間奥が炊事場となっていた。居間は炉を切ってある炊事場横の間で、その奥に畳敷きの寝間があった。その隣も同じ六畳間である。

囲炉裏の前に腰をおろし、火を入れて五徳に鉄瓶を置いた。揺らめく炎をじっと見ながら、改めて今度のことを思い返した。

妻子を殺され、すっかり吉左衛門の仕業だと思い込み敵《かたき》を討ったが、とんだ間違いであった。そのまま御番所（町奉行所）の仮牢に入れられ、取調の末に死罪が決定して牢獄送りとなったが、自分は首を斬られるどころかこうやって、生きている。

囚獄・石出帯刀《いしでたてわき》にいわれた言葉が断片的に脳裏に蘇《よみがえ》った。

——……生まれ変わったと思い、この帯刀に仕えよ。

——極悪非道の輩どもを成敗してもらう役目をつかわす。

——一度死罪になった身である。私利私欲を打ち捨て、世のため人のために一働きするのも悪くなかろう。

「本当に役目を与えられたのか……」

思わず声が口をついて出た。

揺らめく炎をあげる炭がぱちっと小さく爆《は》ぜた。

それから吉蔵という男のことを思った。

あの男、この近くで自分を見張っているのか？　昨日この家に案内して、そのままどこへともなく消え去ったが、今朝再び目の前に現れ、

「やはり、いましたね」

と、肉づきのよい顔に笑みを浮かべた。

「逃げるとでも思ったか」

「旦那は逃げるようなお人じゃないでしょう。囚獄に気に入られたんだ。そんなことは間違ってもしないと、あっしもわかりましたよ」

「これまでおれみたいな男を雇ったことがあるのか。何だか、そんな口ぶりだな」

吉蔵はひょいと肩をすくめただけだった。

それから外出はできるだけ控えるように注意を促した。

「どうしても出なきゃならないときには、編笠を被るのをお忘れなく」

そうも付け加えた。

他人と滅多に口を利かないようにもいわれていた。

「役目はいつからはじめればよいのだ」

吉蔵が背中を見せたときにそう聞いた。

「おって沙汰があります。それまでは骨を休めておいてください」

その日、言葉を交わしたのは朝やってきた吉蔵と、おいてけ堀で釣りをしていた老人の二人だけだった。

明日もあの男は来るのだろうか……。

音次郎はぼんやりした目で、開け放している蔀戸《しとみど》を眺めた。

表はすでに暗くなっていた。

ともかく命拾いをした以上……。

そこで奥歯を強く嚙み、目に力を入れた。

なんとしてでも妻子を殺した外道を捜しだしたい。だが、石出帯刀から授かった役目もこなさなければならない。

「とやかく考えても仕方ないか……」

音次郎は声に出してつぶやき、夕餉《ゆうげ》の支度にかかることにした。

竈《かまど》に火を入れ、薪を足した。煙が天井を這い、蔀戸から霧のように流れ出てゆく。

鴉《からす》の声がするぐらいで静かなところである。

夜の長さを考えれば、久しぶりに本でも読みたいが、あいにく一冊の書物もなかった。明日あたり本を買い求めようか……。

音次郎はこの家に吉蔵につれてこられた際、当面の支度金だといって五両を受け取っていた。役目に就く際には、入用の金も渡すといわれた。

それにしても見張りも置かずに、自分ひとりをこの家に留め置くとは、よほど信用されているのだろうか……。それとも、これは単に様子見か……。

話し相手がいないので、暇にまかせていくつもの疑問がわいてくる。

その疑問を打ち消し、飯のおかずはのっぺい汁にしようと思い立つ。油揚げはないが、さいわい野菜や芋類は揃っていた。炉に掛ける鍋を洗い、ひととおりの野菜を揃えた。

肝腎の牛蒡《ごぼう》が足りないことに気づき、裏庭に取りに行ったときだった。

人の気配を感じた。音次郎は闇に目を凝らした。群青色《ぐんじょういろ》の空を背景に、雑木林の木々がくっきり象《かたど》られていた。

息を殺し、ゆっくり林のなかにうごめくものがないか目を据えたが、風に揺れる林の音しかしない。気のせいだったかと、牛蒡をつかんだとき、またもや人の気配がした。

誰かいる。……表だ。

音次郎は足音を忍ばせて家に戻ると、刀をつかんで戸口に向かった。戸には心張り棒を掛けていないので、いきなり飛び込んでこられるかもしれない。五感を研《と》ぎすまして、戸に耳をつけた。庭に幾人かの気配を感じ取ることができた。

それも尋常ではない。節穴に目をつけると、三つの人影を見ることができた。

何ものだ……。

胸の内で誰何《すいか》し、戸に手をかけて勢いよく引き開けた。

前庭にいた影が驚くのがわかった。

「何用だ？」

そう、問うた瞬間だった。横合いから斬撃を送り込んでくる影があった。音次郎は前に身を投げ出すようにして飛び、素早く刀を引き抜いた。

相手は四人、いずれも黒頭巾《くろずきん》を被り、自分を取り囲んでにじり寄ってくる。

「何やつ？」

「たあっ！」

かけ声とともに、右にいた男が斬りかかってきた。

音次郎は星明かりを弾《はじ》く相手の刃を撥《は》ねあげた。

二

刀を弾かれた男は、慌ててうしろに飛びすさった。だが、間髪をいれずに背後から襲いかかってくる別の影があった。

音次郎はすいと腰を落とすと、左足を軸にしてそのまままくるりと回転し、相手の鳩《みぞ》尾《おち》に強烈な柄頭《つかがしら》を埋め込んだ。

「あげっ」

男は体を二つに折って、そのまま倒れた。

残るは二人、音次郎は間合いを取って一呼吸入れた。最初に刀を弾かれた男は、戦意を喪失したらしく仲間のうしろに下がったままだ。

相手は黒頭巾をしているので顔を見ることはできないが、月光に照らされた双眸《そうぼう》は潤んだように光っている。

「……何ものだ？」

音次郎は右下段に構えたまま、左にまわった。月を背負いたかった。

問いに曲者《くせもの》は答えない。じりっと、間合いを詰めてくるだけだ。

両者の間を風が吹き抜け、土埃《つちぼこり》が巻きあげられた。林のなかで夜鴉が、間の抜けた鳴き声をあげた。

音次郎は月を背負った。

黒い二つの影はさらに二寸、三寸と間合いを詰めてきた。

音次郎は下がらずに、刀を青眼に構えなおした。そのとき、対する二人の体からすうと空気が抜けるように、殺気が消えていった。

「……よいだろ」

右の男がつぶやいた。

左の男はわずかに目を横に泳がせて、うしろに下がった。

「なかなかの腕だ。……おい」

音次郎を見つめていた右の男が顎《あご》をしゃくると、背後に下がっていた男が、鳩尾をしたたかに打たれうめいている男を担ぐように立ち上がらせた。

相手がこれ以上戦いを仕掛けてこないとわかった音次郎は刀を下げた。だからといって気を抜いたわけではない。両足を踏ん張ったまま、気を引き締めていた。

男たちは音次郎から視線をそらさず、ゆっくり下がっていった。

男たちが庭から出ようとしたときに声をかけた。

「待て」

「……試したのか？」

男たちは音次郎を見返しただけで、そのまま闇に溶け込むように姿を消していった。

その夜、久しぶりに酒を飲んだ。置いてあったのはどぶろくだが、およそ一月ぶりの酒は胃の腑《ふ》に染みわたった。

変幻自在に形を変える囲炉裏の炎を見ているうちに、お園と正太郎の顔が脳裏に浮かんだ。口許にある黒子《ほくろ》が色っぽかったお園。行灯《あんどん》の明かりを頼りに夜遅くまで繕いものをやっていた妻の後ろ姿が、まざまざと瞼《まぶた》の裏に浮かんだ。

音次郎の家禄は七十俵五人扶持《ぶち》であったが、金に困ったことはなかった。それもお園が上手くやり繰りしてくれたからだ。

元気盛りの正太郎は、学問にいそしむようになり、剣術の腕も徐々にあげていた。これから楽しみにしていたのに……。

音次郎はどぶろくの入ったぐい呑みを、ぎゅっと握りしめた。

牢のなかではあまり思い出さなかったが、こうやって自由な身になると、朝な夕なに二人のことを考えるようになった。

しかし、あの二人を殺したものは、いったい誰なのだ？

なぜ、お園は死の間際に、浜西の名を口にしたのだ。

あのとき、お園はたしかに、

――……は、はまに……し……。

と、唇を震わせていった。

あれは別のことだったのか……。誰が何のために、何の恨みがあって、お園と正太郎を殺したのだ。お園も正太郎も人から恨まれるような人間ではなかった。

それならこの自分に恨みを持つものだったのか？

そう考えても、心当たりはなかった。それとも、今夜この家にやってきた四人の狼《ろう》藉者《ぜきもの》たちに……。

音次郎は首を振った。

今夜のあの四人は、自分の腕を試すために、おそらく囚獄・石出帯刀が寄こしたものたちだろう。そう考えるのが自然だった。

自分は処刑されたことになっている。こうやって生きているのを知っているのは、囚獄以下一部の人間だけのはずだ。

音次郎はめらめらと燃える炎を見つめつづけた。

翌朝は、裏の林で鳴き騒ぐ鵯《ひよどり》の声で目が覚めた。雨戸を開けると、木々の間を抜けてくる朝の光がまぶしかった。

近くの湧き水まで行き、顔を洗い、髭と月代《さかやき》を剃った。凛とした大気が身と心を引き締めてくれる。

例によって吉蔵がやってきたのは、朝餉をすませたときだった。囲炉裏のそばに呼んでやり、茶をもてなした。

「昨夜、賊が現れたぞ」

音次郎は湯呑みを差しだしながら吉蔵を見た。

「賊……」

「四人だ。いきなり襲いかかってきた」

「それで、どうされました？」

「追い払ったが、腕を試されたような気がする。囚獄の使いか……」

音次郎は吉蔵を凝視した。

吉蔵も正面からその視線を受けたが、狼狽《ろうばい》も見せず、

「さあ、どうでしょう。あっしの与《あずか》り知らぬことです」

とぼけているのか、本当にそうなのか音次郎にはわからなかった。

「旦那は東軍流の達人でしたね」

吉蔵は急に話題を変えた。

「……達人ではないが、流派はそうだ」

東軍流は江戸初期に創始された、比較的新しい流派であったが、乱戦のなかでいかに戦うかを教えていた。それは多数を相手にしたとき、敵を殺さなくとも相手の手や指、あるいは脚を斬って、戦闘能力を奪うという実戦に即した流派であった。

「免許を取られたのは十七だと聞きました。……たいしたものです」

「おぬしは……？」

「あっしは我流です。道場に通えるような身分じゃありませんので……」

吉蔵は自嘲《じちょう》の笑みを浮かべた。体だけでなく顔も肉づきがよい。蝦蟇《がま》のように剝かれた目と、強情そうな厚い唇は、決して褒められた人相ではないが、笑うと強面《こわもて》との差が大きいだけに、妙に愛嬌があった。

「生まれはどこだ？」

「浅草です。といっても吉原の裏田圃のほうですけど……」

吉蔵はうまそうに茶をすすった。

「年は？」

「二十九です。……多分」

多分と付け加えたのは、自分でもよくわからないのだろう。

それだけで、恵まれた家に育ったのではないと察しがついた。ひょっとすると両親を知らないのかもしれない。

「独り身か？」

「今朝はやけにいろいろ聞かれますね」

「おれのことはあれこれ知っているのだろうが、おれはおぬしのことを何も知らぬ。気になっても仕方なかろう」

「女房もいなけりゃ子もいません。住まいは本所ですが、どこだと教えるわけにはいきませんので……勘弁してください」

「……そうか」

二人は黙って茶を飲んだ。

表で林を揺らす風の音がしていた。

「使用人を寄こしますので、使ってください」

しばらくして吉蔵がそんなことをいった。

「使用人……」

「身のまわりを世話するものがいないと何かと不自由でしょう」

「いらぬ……と、断ってもすでにそうなっているのだろうな」

音次郎があきらめ顔でいうと、吉蔵は逞しい脛《すね》に生えているもじゃもじゃの毛を掻いて、それじゃそういうことですからと、腰をあげた。

三

吉蔵が帰ったあとは、とくに変わったこともなく過ぎていった。

太陽が頂上に達したころ、音次郎は突然、釣りに行こうと思い立った。昨日行ったおいてけ堀である。

鯉でも鮒でもよいから、魚を食いたいと思った。鯉なら刺身にも煮付けにもできる。そう思うだけで、少し楽しい気分になった。

吉蔵のいいつけを守り深編笠を被って、旅所橋近くの釣具屋で天蚕糸《てぐす》と鉤《はり》を求め、おいてけ堀に向かった。途中で手頃な竹を探して竿を作り、木立のなかの地面をほじくり返して餌《えさ》にする蚯蚓《みみず》を探した。

すべてが整うと、藪をかきわけ池の畔《ほとり》に行って腰を据えた。

天気のよい日で、真っ白な雲が水面に映り込んでいた。池の水は青みがかった色をしている。池は強い風が来たときだけ、さざ波を打ったが、あとは静かだった。先客が幾人か見られたが、太公望らは声をかけ合うことはない。それに釣り場は互いに離れてもいる。

釣り糸を垂らしてすぐ、四寸ばかりあるよく肥えた鮒が釣れた。これは幸先がいいと思ったが、あとは二、三寸の鮒ばかりだった。

釣りをしていると無心になれたが、ときどき自分の役目と妻子を殺した下手人のことを頭の隅で考えた。

大きな鯉が食いついたが、あげる寸前で天蚕糸を切られ逃げられてしまった。大物を逃がしたのは口惜《くちお》しかったが、十数匹の鮒を釣っていた。あまり多く釣っても一人では食べきれないので、引きあげることにした。

釣った魚は鰓《えら》から口に熊笹を通して下げた。

すでに黄昏れようとしていた。西の空に移った太陽は、雲に遮《さえぎ》られており、その隙《すき》間《ま》から光の帯が放射状に延びていた。

「ごめんください」

声がしたのは、炊事場で魚を桶に入れたときだった。

振り返ると、逆光になった戸口のところに女が立っていた。

「……なんでしょう」

土間を歩きながら訊ねると、女は恥ずかしそうにうつむいた。光の加減でその顔はわからないが、まだ若い女のようだ。

「この家に何か……」

近づいて再度聞いたとき、女の顔がにわかにあがった。

色白で鼻筋の通った細面、切れ長の目の上には柳のような眉があった。

その美しさに、音次郎は一瞬息を呑んだ。女は何かめずらしいものを見るように、黒い瞳を向けてきた。

「きぬと申します。どうぞよろしく……」

女はそういって丁寧に頭を下げた。

いきなり、よろしくといわれた音次郎は戸惑った。

「こちらで、佐久間様のお世話をするように申しつけられました」

「……そなたが」

まさか女だとは思っていなかったので、驚かずにはいられなかった。

「吉蔵さんをご存知ですね」

「ああ……」

「そこまで案内されまして」

おきぬは一度後ろを振り返った。音次郎も釣られたように、おきぬの肩越しに庭のほうに目をやったが、吉蔵の姿はなかった。

「ともかくなかに」

戸口で立ち話もできないので、家のなかにいざなった。

おきぬは土間に入ってきはしたが、そこで立ち止まった。

戸惑った顔で家のなかを見まわし、

「あのぉ、なにからお世話をすれば……」

「世話といわれても……」

音次郎は魚臭い手を、太股《ふともも》のあたりにこすりつけた。

「いいから居間にあがれ。茶でも飲もう」

二人は囲炉裏を挟んで向かい合った。おきぬは慌てて茶は自分で淹《い》れるといったが、音次郎はさっさと二人分の湯呑みに茶を注いだ。

「申し訳ありません」

湯呑みを差し出されたおきぬは、膝に両手を置いて恐縮の体だ。

「どこから来た？」

「それは……」

おきぬは口ごもった。いえないのだろう。

「それじゃ、おれのことは知っているのだな。どういう人間であるか……」

「大まかなことですが、聞いてはおります」

「……そうか」

気まずい沈黙がしばらくつづいた。

音次郎はその気まずさを誤魔化すように、燭台に火を点《とも》した。それから、そっと目を合わせないようにして、燭台の明かりを受けるおきぬを眺めた。

肌理《きめ》の細かい肌をしている。ただ、髪が乱れ、鬢《びん》のあたりもほつれていた。おきぬは居心地悪そうに尻を動かし、静かに茶に口をつけたが、

「あち」

と、思わず湯呑みを離し、ばつの悪そうな顔をして謝った。

音次郎は口許に笑みを浮かべた。そのことでぎこちない空気が少しやわらいだ。

「……年はいくつだ？」

「二十二です」

「どこから通ってくる?」

「は?」

おきぬは湯呑みを膝許《ひざもと》に置いた。

「どこから来るのだと聞いているのだ。家があるだろう」

「そ、それは……」

「なんだ?」

「こちらに住み込むようにいわれております」

音次郎は片眉を上げた。

「なに、ここに……」

「こちらに住み込んで、佐久間様のお世話をするように申しつけられております」

音次郎はじっとおきぬを見つめた。

見つめながら目の前の若い女のことを考えた。

「もしや、おまえも牢屋敷から出された女か?」

おきぬは下に向けていた視線をゆっくりあげ、そうだと、小さくうなずいた。

四

隣の部屋に若い女が寝ていると思えば、なかなか寝つくことができなかった。

それでもいつしか強い睡魔に襲われたらしく、目が覚めたときには、雨戸の隙間から朝日が射し込んでいた。

大きな欠伸《あくび》をすると、炊事場のあたりから物音が聞こえてきた。はっと身を起こした音次郎は、おきぬがいることを思い出し、目をこすり寝間着を整えて居間に行った。

襷《たすき》をかけ、手拭《てぬぐ》いを姉さん被りにしたおきぬが振り返った。

「おはようございます」

「ああ、おはよう。……ずいぶん早いな」

「いえ、もうすっかり夜は明けておりますので。手拭い、そこにあるのでいいんでしょうか？」

上がり框《かまち》に手拭いが丁寧に折りたたんであった。

「うむ」

「すぐに朝餉を整えますので」

おきぬは竈に向きなおった。

鍋から沸き立つ湯気が、蔀戸《しとみど》から射し込む光に浮かびあがっていた。

音次郎は裏の湧き水に行って顔を洗い、髭を剃って家に戻った。

居間には膳部が整っており、沢庵と湯気の立つ炊きたての飯、そして大根のみそ汁と鮒の甘辛煮があった。久しぶりの飯らしい飯である。

「うまそうだな。いっしょに食べよう」

「いえ、お先にどうぞ……」

おきぬはきちんと膝を揃えて遠慮した。

「それじゃ先に食うが……」

妻でもない女に飯を食う姿を見せるのは、慣れておらず気恥ずかしかった。

「おれのことはどのように聞いておる？」

昨夜はさして多くの言葉は交わさなかった。初対面でもあるし、互いの境遇を考えるとあまり詮索《せんさく》してはならないと思ったからだ。だが、今朝はその考えを改めた。

「いつまで世話をしてもらうかわからぬが、同じ屋根の下で寝起きするのだ。差し支えなければ教えてくれ」

「……世の中のためにならない、どうしようもない悪人を戒《いまし》める人だと聞きました」

「ふむ……」

音次郎はみそ汁を飲み、鮒をつまみ、飯を頰ばった。

「他にはなにを聞いた。どうして牢に入ったかということだが……」

「ご新造さんと子供を殺され、敵を討つために間違って関係のない人を殺《あや》めた方だと、それだけしか聞いておりません」

「まあ、煎《せん》じ詰めればそんなところだ」

飯を終えたのを見計らって、おきぬが茶を淹れてくれた。

「それでそなたはなぜ、牢に……？」

これも昨夜聞きそびれていたことだ。

おきぬはしばらく躊躇《ためら》っていたが、思い切ったようにいった。

「わたしも人を殺してしまったんです」

顔が泣き崩れそうになった。

「何故、そのようなことに……？」

「殺すつもりなどなかったんです。弾みでそうなったに過ぎないんです。それでもわたしが人を殺めたことに変わりはありません」

「……聞かせてくれるか」

「十四から奉公していた店がありましたが、そこの主にひどいことをされて飛びだしたのが十八のときでした。それからわたしは、小間物問屋や酒屋を転々としたのですが、行く先々で手代さんや番頭さんに……」

おきぬは一度唇を噛んでつづけた。

「……こっちがその気もないのに無理矢理いやなことをされ、それがたまらずまた違う店に移るといった按配《あんばい》で、最後に雇い入れてもらったのが、待乳山《まっちやま》に近い小さな貸座敷でした。旦那さんは親切な人だったのですけれど、この正月に酒を過ごされ、人が変わったようになってわたしの部屋に押し入ってきたんです。わたしは押し倒され、揉《も》み合っているうちに旦那を突き飛ばしました。その拍子に、旦那は簞笥《たんす》の角に頭をぶつけてしまい、そのまま息をしなくなりました。わたしは怖くて怖くて仕方ないので逃げましたが、すぐに町方の役人に捕まって……」

おきぬは指先で、目尻に浮かんだ涙をぬぐった。

「そなたはどこも悪くないではないか」

「でも、御番所（町奉行所）のお役人はわたしの話を信じてくれませんでした。わたしが旦那を誘い込んで、そして殺したんだと……決してそんなことは……」

おきぬは両手を握りしめ、顔をうつむけた。それから肩を震わせて、嗚咽《おえつ》を漏らした。膝に置いた両手に大粒の涙が、ぽとりと音を立てて落ちた。

音次郎は憐憫《れんびん》のこもった目でおきぬを眺めた。

行く先々で男たちに悪さをされるとはなんたることだ。だが、おきぬの容姿と美貌《びぼう》を見れば男が放っておかないのはうなずける。おきぬは自分で気づかないうちに、男を虜《とりこ》にするのかもしれない。

「好きな男はいなかったのか？」

泣いていたおきぬが落ち着いたところで聞いた。

「いました。でも、その人はわたしと遊んだだけで、別の人と……」

「……ふむ」

「すみません。みっともないところをお見せして……」

おきぬは両手をついて謝った。

「気にするな。さあ、飯が冷めぬうちに食ったがいい」

「はい、ありがとうございます」

音次郎は席を離れようと尻を浮かしたが、もう一度座りなおした。

「親兄弟はどうしているのだ？」

おきぬは首を振った。

「みんな死んでしまいました。浅間山が噴火した年に、家も親も兄弟も灰に埋もれてしまいました」

「それじゃ、生まれは……」

「浅間山に近い松井田《まついだ》というところです」

「そうだったのか……」

音次郎は心の底から同情せずにはいられなかった。

浅間山が噴火したのは、八年前の天明三（一七八三）年のことだった。江戸にもその灰が降り、大騒ぎになったのは、音次郎の記憶にもまだ新しい。

「さあ、冷めぬうちに飯を……」

「はい、いただきます」

おきぬはようやく箸《はし》を取った。

五

裏の林に行き、適当な木を切ると、木刀を作った。

愛刀・左近国綱の刀身は、およそ二尺六寸（七八・八センチ）である。それに柄の部分を考慮し、約三尺の木刀にした。

音次郎は木を削っている間、おきぬのことを考えた。

さっきはおきぬの話に同情したが、果たしてあの話は本当なのだろうかという疑問がわいた。単に自分を監視するために囚獄が寄こした女ではないだろうか。わざと若く美しい女をそばに置いておくことで、自分の逃亡を防ぐために……。

するとあの話はまったくの作り話となる。

音次郎は青い空を眺め、それから庭の梅の木にやってきた数羽の目白を眺めた。目白は清らかなさえずりを響かせながら、開いたばかりの梅の花を物色している。

音次郎は木刀に磨きをかけながら、考えをもとに戻した。

……作り話であったなら、あの涙も嘘だったのか。

音次郎にはそうは思えなかった。だが、完全にぬぐい去ることのできない不信感が自分のなかにあるのも確かだ。

木刀を仕上げると、片肌脱ぎになって素振りをはじめた。

はじめはゆっくり振り、体が温まってきたところで、気合を入れ強く振った。

「エイ、エイッ、エイ、エイッ……」

一昨夜、自分に戦いを仕掛けてきた四人の男たちのことが頭に浮かんだ。あれはやはり自分の腕を試しに来たに違いない。殺気はあったが、二人を倒したところで、男たちは自ら引いてしまった。

やはり囚獄の回し者だったのだ。吉蔵然り。そして、おきぬも……。

だが、なぜ自分はここに留まっている？

その気になれば囚獄の命令を無視し、江戸を離れて静かに暮らすこともできるのだ。それなのに、自分はそうしない。

なぜだ？

自問自答した。やはり妻子の敵を討ちたいという思いを引きずっているからだ。だが、それだけではない気がする。

御家人の子として生まれ、御家人として死んでゆく自分の一生に、以前から納得のいかないものがあった。旗本の子は生まれたそのときから、将来旗本になることを保証されている。それが武家社会のしきたりである。

旗本の家に生まれるならまだいい。自分の努力次第で出世ができる。だが、御家人は違う。御家人から旗本に格上げなどまずないことであり、当然出世も望めない。

自分の頑張りがあっても、せいぜいが御徒組の番組頭止まりだった。もっとも百姓や町人にも同じことはいえるのだが……。

それじゃ自分は出世を望んでいたのか？　望んでいなかったといえば、嘘になる。それよりも自分の能力を、力の限り発揮できる場所がほしかった。

ひょっとすると、囚獄から受けた役目が本当の自分の居場所なのかもしれない。じつは心の片隅で、これが自分の宿命なのではないかと感じている。そして、それは悪くないとも思っている。いやいや、自分は囚獄から直接、話を聞かされたとき、心を震わせもしたのだ。

あのときの言葉は、この胸にくっきりと刻み込まれている。

——私利私欲を打ち捨て、世のため人のために一働きするのも悪くなかろう。

悪くない、悪いはずがあろうか……。

音次郎は宙の一点を凝視しながら、ひたすら木刀を振りつづけた。いつしか、体中から汗を噴き出していた。

昼餉のあとで、日当たりのよい縁側におきぬを誘った。

寒さは日に日にやわらいでおり、野山の草花が咲きはじめ、枯れ枝にも青い芽が見られるようになっている。

「直截《ちょくせつ》に聞くが、今朝の話に偽りはないだろうな」

そういったとたん、おきぬは黒い瞳で刺すように見てきた。

「わたしが、嘘を申したとおっしゃるのですか……」

音次郎はおきぬの目をのぞき込むように見返した。

どこかで鶯《うぐいす》の声がしていた。

「……わからないのだ。おれは確かに囚獄のはからいで、ここに住まうようになった。そして特別の用命を受けることになっている。その役目に取りかかる前に、見も知らぬ男たちに襲撃をかけられた。吉蔵という、未《いま》だよくわからない男に面倒を見てもらってもいる。そして、今度は若くて器量のよい女がおれの世話をするという」

「………」

「ただ、見張りのためにつけられているのではないかと疑いたくなるのだ」

おきぬは下を向いて首を振り、それから顔をあげた。

「わたしはよくわかりません。でも、わたしは旦那さんのことを見張っているのではありません。ただ、世話をしろと、そのために命を助けられたのです」

「それでは、そなたはずっとわたしの世話をつづけるというのか……」

おきぬはいつしか、佐久間といわずに旦那と呼ぶようになっていた。

「それは……わたしには、わからないことです。でも、わたしは旦那さんに仕えなければなりません。もし、それができなければ、また牢獄に戻ることになるか……あるいは、ある日突然、誰かに命を……」

おきぬは、ぶるっと肩を震わせた。

音次郎はおきぬを疑ったことを恥じた。

この女は嘘はついていない。そう確信した。

「悪かった。……自分でも今こうしているのが、よくわからぬのだ。妻と子を殺され、勝手な思い込みをして朋輩《ほうばい》を斬ってしまってから、人が信じられなくなっているのかもしれない」

「……わたしもずっと人のことが信用できずに生きてきました。いい人だと思っていた人が、ある日突然、手のひらを返すようなことをするんですから」

音次郎は唇を噛むおきぬをじっと見つめた。

「さっきのこと、申し訳なかった。このとおりだ」

音次郎が頭を下げると、おきぬが慌てた。

「そんなこと気になさらないでください。それより、旦那さんのこと教えてください。どうして人を斬るようなことになったのか……」

六

「それじゃ、誰がご新造さんと子供さんを……」

　話を聞き終えたおきぬは、ぽつりと声をこぼした。

「わからぬ。わからぬが、妻と子の無念はこの命がある限り、いつかは晴らさなければならぬ」

　音次郎はすっかり冷めてしまった茶を飲んだ。それから唐突に、

「今夜は湯につかろう」

「……湯に」

「風呂だ。牢獄の湯桶につかって以来、入っておらぬ。これまでの垢《あか》をすっかり落とすのだ。おきぬもそうするとよい」

　音次郎は初めて、ごく自然におきぬの名を呼んだ。

「……はい」

「二人とも命拾いをし、生まれ変わったようなものだ。忌《い》まわしい来《こ》し方の垢を落とそう」

「はい、嬉しゅうございます」

おきぬは目尻と口許をゆるめて微笑《ほほえ》んだ。音次郎も笑みを返した。

「それじゃひとつ頼まれてくれぬか」

「なんでしょう？」

「町に行って何でもよいから読本を買ってきてくれ」

「……本を」

「そうだ、なんでもよい」

「他にも買いたいものがありますので、それじゃあとで行ってまいります」

「頼む」

それからの音次郎は忙しかった。

まず、庭の隅にある納屋に入り、古い風呂桶を庭に運び出し、水が漏れないように修理にかかった。それから水を汲みに行き、竈に乗せた大釜で湯を沸かした。沸騰した湯はすぐに風呂桶に運び、また湯を沸かす。

牢屋敷では二十日に一度、外鞘の内側に風呂桶が用意され、囚人たちはそこで湯につかったが、順番があるのでのんびりつかっていることなどできない。さっとつかり、すぐつぎのものに譲るといった按配であるから、体など温まろうはずがなく、湯冷めをして風邪を引くものもいた。

日が暮れたころに風呂の用意ができた。買い物に行ったおきぬもすでに帰っていたが、音次郎が頼んだ本はなかった。

「このあたりにはありませんでした。人に聞いたところ、両国か浅草まで足を延ばせばすぐに見つかるということでした」

「まあよい。急ぐ必要などないのだ。それより湯が冷めぬうちに風呂に入ろう」

音次郎は踏み台を使って湯桶のなかに体を沈めた。一人なら下帯などつけないのだが、近くに若い女がいるので、それははばかられた。

体が温まったところで湯桶の外に出て、糠袋《ぬかぶくろ》を使って垢をこすりはじめた。

「旦那さん、背中を流しましょうか？」

声に振り返ると、戸口のところにおきぬが立っていた。襷《たすき》をかけ、腕まくりをしている。

「頼もうか……」

気恥ずかしさはあったが、背中をこすってもらった。

空には冴え冴えとした月が浮かんでいたが、風呂桶のそばに提灯を置いていた。

音次郎は、尻端《しりはし》折《よ》りをして自分の背中を流すおきぬの裾《すそ》にのぞく白くほっそりした足首や、胸元の白い肌にどきりと胸を高鳴らせた。

間違いを起こす気はないが、妻を失って以来女の柔肌に触れていない。男の性を抑えるのに一苦労した。

もう一度湯につかって体を温めた音次郎は、浴衣に着替えてさっぱりした気分になった。おきぬが風呂を使っている間、独り酒を楽しんだが、膳部には炒り豆腐に烏賊《いか》の塩辛、鯵《あじ》の干物を焼いた肴《さかな》があった。

一合を飲んだが、おきぬはまだ帰ってこない。まさか、先日のような男たちがやってきたらたまらない。そう思った音次郎は様子を見に縁側に立ったが、闇のなかで湯を浴びるおきぬの裸を見て、またもや胸を高鳴らせた。

片膝をつき、背中を見せているが、その抜けるような白い肌が、青い月光とあわい提灯の明かりに浮かびあがっていた。

髷《まげ》を解いたおきぬは、前屈みの姿勢で洗い髪をしていた。白い臀部《でんぶ》は思いの外豊かで、ちらりとのぞいた乳房も形のよい釣り鐘であった。

しばし見惚《みと》れてしまったが、いかんと自分を叱《しか》り、居間に戻って酒を飲んだ。

髷を結いなおし、頬を桃色に火照らせたおきぬが炉の前にやってきたのは、音次郎が二合の酒を飲みほしたときだった。

「遅くなりました」

　色つやをよくした顔で両手をついたおきぬを見た音次郎は、猪口を持つ手を宙に浮かし、驚いたように目を瞠《みは》った。

「……何だか別人になったようだな」

「どうしても髪を洗いたかったのです」

「……どうだ、付き合わないか」

　音次郎は酒を勧めた。

「お酒はあまり飲めませんので……」

「ほんの少しだ。湯につかりこれまでの垢を落とした祝いだ。互いに、天涯孤独になったもの同士ではないか」

　それならと、おきぬは求めに応じた。

　音次郎はおきぬが酒を飲む姿を黙って見ていた。おきぬは細くて白い首を持ちあげ、わずかに目を閉じて酒を含んだ。と、すぐに咽《む》せた。

　その仕草を可愛く思った音次郎は、小さな笑みを浮かべた。

「無理はしなくてよい」

「申し訳ありません。やはりお酒は……」

「よい、よい」

おきぬは静かに酒を注ぎ足してくれた。

「いつまでこんな暮らしをしていればいいんでしょうね」

おきぬは何気なくいったが、音次郎も気にかかっていた。

「そういえば、吉蔵は今日は来なかったな」

「旦那さんには、いつ役目の沙汰《さた》が来るのでしょうか」

「そうだな……」

それも気になっていた。

音次郎は遠い目になって、最初の役目はどんなことだろうかと思った。

「わたしは……」

音次郎は口をつぐんだおきぬを見た。

「なんだ?」

「わたしは、このまま静かな暮らしができればどれほど幸せになれるかと……今日、そのことを心の底から感じました」

「……そうか。……そうだな。そうなればよいな」

「……はい」

小さく返事をしたおきぬに、音次郎は微笑んだ。

「おきぬ、明日釣りをしに行こう。この近くにおいてけ堀という大きな池がある。この前大きな鯉を釣り逃がしたので、それを釣りに行こう。どうだ」

黒い瞳を大きくしたおきぬは、やがて嬉しそうに破顔し、元気な声を返した。

「はい。喜んで」

七

おいてけ堀はこの前と変わらず穏やかであった。お化けが出るというまことしやかな噂のある池は、満々と水をたたえ、早春の陽光にきらめいていた。

釣り糸を垂らして間もなく鮒が釣れ、ついで大きな鯰《なまず》があがった。

おきぬは釣れるたびにはしゃぎ声をあげた。

「旦那さん、また引いてます。また鮒でしょうか」

「鯉ならいいが。それ、鯉がかかっていろ……」

音次郎は釣り逃がさないように、細心の注意を払って竿をあげる。竿が大きくしなり、かかった魚が必死に抗《あらが》っているのが手につたわってくる。

しっかり鉤がかかったという手応えを得ると、音次郎は素早く竿をあげた。

「鮒ですよ。それも今日一番大きな鮒です」

おきぬははしゃぎ声をあげ、地面におろされた魚を取り逃がさないようにつかむ。

「おきぬ、やってみるか」

「わたしが……いいんですか」

おきぬは音次郎の差しだす竿をおそるおそるつかんだ。

「餌をつけてやる」

蚯蚓《みみず》を鉤につけてやると、おきぬは早速釣り糸を垂らした。

ぽちゃっと、鉤の沈んだところから波紋が静かに広がった。

「釣れますかねえ。旦那さん、ほんとにわたしにも釣れますかねえ」

「声を出すと魚が逃げるぞ」

おきぬは、はっと息を呑んだ口を片手で塞いだ。そのとき、グイッと天蚕糸《てぐす》が引かれ竿の先が大きくしなった。

「あ！　かかった。かかりました」

「待て待て、慌ててあげるな。十分に鉤を呑ませるんだ。そうだ。……いいぞ」

「すごい力で引いてます」

「それでいいんだ、それで。ゆっくり竿をこっちに戻せ。ゆっくりだ」

「は、はい」

「よし、あげていいぞ」

おきぬが細い腕に力を入れてあげたのは、鯉だった。

「おきぬ、でかした。鯉だ。鯉を釣ったぞ」

「はあ、旦那さん、大きいですよぅ。元気のいい鯉です」

「いいから早くこっちによこせ」

岸に上げられた鯉は先日のものより小さいが、それでも体長七、八寸はある。尾鰭《おびれ》で地面をたたき、大きく跳ねた。

「おきぬ、今夜はこれを刺身と鯉汁にしよう。久しぶりの馳走《ちそう》だぞ」

音次郎は声を弾ませた。

「旦那さん、もう釣りは……」

「これで十分だ。あまり釣りすぎると、ほんとにこの池のお化けが、置いていけというかもしれぬ」

音次郎は乾いた声で笑った。

釣果《ちょうか》は鯉一匹、鮒六匹、鯰一匹だった。二人暮らしにはそれで十分である。

魚を提げて家に帰ると、吉蔵が縁側の踏み石に腰をおろしていた。

「釣りですか」

「そこの池で釣ってきたのだ」

「おいてけ堀ですね」

「おきぬ、これを台所に」

魚を受け取ったおきぬは家のなかに消えていった。

「昨日は来なかったな。今日は何か新しい知らせでもあるか」

「へえ。旦那への指図を承ってきました」

音次郎は表情を引き締めた。

「なんだ」

「八丈島に行ってもらうことになりました」

「八丈……」

「はい」

吉蔵は蝦蟇《がま》のような目を一度伏せた。

「いつだ？」

「明日、流人船が出ます。それに乗っていただきます」

「急だな」

音次郎は額に太い蚯蚓のようなしわを三本走らせている吉蔵を眺めた。

「用意はいいですね」

「無論だ」

「それじゃ詳しい話を……」

第三章　流人船

一

吉蔵が話をしている間、おきぬは背を向け台所に立っていたが、仕事は手につかない様子だった。

「……それじゃ、支度金を渡しておきます」

すべての話を終えた吉蔵は、半紙にくるんだ金を差しだした。

「十両入っております。これで間に合わせろとのことです」

「申し分ない」

懐に金をねじ込んだ音次郎は、目の端でおきぬの後ろ姿をちらりと見た。聞き耳を立てているようだが、吉蔵の低い声を聞き取ることはできなかったはずだ。

「ひとつ訊《たず》ねるが、船着き場にはこのまま行けばよいのだな」

「そのままで結構です」

「手引きをするものの名は？」

「それはあっしも聞いておりませんで、とにかく明日の朝遅れないように船番所に行ってください。あっしも待っておりますので」

「おまえもいっしょなのか？」

吉蔵は鼻の前で手を振った。

「お見送りですよ。それに預かりものがあるかもしれませんので……」

「……そうか」

「それじゃ、よろしくお願いします」

軽く頭を下げた吉蔵は、そのまま土間に下り、一度おきぬを見たが、何もいわずに家を出ていった。

そのとたん、背を向けていたおきぬが音次郎を振り返った。音次郎も張りつめた顔をしているおきぬを見た。

「……お役目なのですね」

「うむ」

「遠くに行かれるのですか?」

「……近くはない」

おきぬはうつむいて、肩で息をした。それから気を取りなおしたように顔をあげ、無理な笑みを見せた。

「今夜は鯉《こい》の料理をたんと召しあがってください」

音次郎は口を引き結んだまま力強くうなずいた。

その夜、おきぬは腕によりをかけて鯉料理を作った。

音次郎は魚をおろすのは自分でやろうとしたが、おきぬが許さなかった。それに思いもよらず、包丁の使いがうまく、鯉も鮒《ふな》も見事にさばいた。

感心し褒めてやると、奉公しているときに覚えたのだと、白い歯をこぼした。

膳部に並んだのは、鯉の刺身と鯉汁、そして鮒の包み焼き。刺身も鯉汁も乙ではあったが、音次郎が驚いたのは鮒の包み焼きである。

「これは?」

箸《はし》をつける前に聞くと、おきぬは自慢そうな笑みを浮かべ、

「勝ちを信じて出陣の折に出す料理だと聞いております。仲居をしているときに、庖丁人に教えられまして、それを思いだしながら作ってみました。味はどうかわかりま

「そんな礼なんて……わたしは……」
「満足だ。まことに満足だ。おきぬ、礼を申す」
の物で一椀の飯を食った音次郎は、
鯉の刺身も適度な歯応えがあったし、鯉汁も申し分なかった。酒二合を飲んで、香
ていいるおきぬであるが、このときばかりはその陰が消えていた。
そういってやると、おきぬは心底嬉しそうに微笑んだ。どこかに暗い陰を引きずっ
「うまい、こんなうまい鮒を食ったのははじめてだ。ほんとだぞ」
心許ない顔をしていたおきぬは、身を乗りだして聞く。
「ほんとに？」
「……うまい」
った。何とも口のなかで溶けるようなまろやかさがある。
鮒の身はやわらかく、そしてよくダシが染みとおっていて、川魚特有の臭みがなか
塩と鰹《かつお》ダシで味をつけ、さらに全体をあぶってあった。
臓物を取り除いた鮒の腹中に、結び昆布、串柿、蒸し栗が入れてあり、それを酒と
音次郎は箸をつけてみた。
せんけど……」

「なんだ?」

「はい、旦那さんが無事に帰ってこられるのを待っております」

音次郎は、はっとなった。

おきぬの黒い切れ長の目に、薄い膜が張り、きらきら輝いていた。

「……旦那さんが、もし帰ってこなかったら、わたしはどうなるんでしょう」

「………」

「ずっとこの家にいられるとは思えません」

おきぬは膝に置いた手を握りしめてうつむいた。

「わたしにはもう行くところがありません。見ず知らずの人に、またわけのわからない指図をされるのは、もう……いやです」

おきぬはぽとりと涙をこぼした。

「おれは帰ってくる」

思わず口をついて出た言葉であったが、音次郎はそういわずにはおれなかった。

その夜は、早く床についたがなかなか寝つけなかった。

台所仕事を終えたおきぬが、隣の寝間に入った気配を感じ、目を開けた。

夕食の際、自分は帰ってくるといったが、果たしてそれが叶うかどうかわからない。

生きて帰ってこれるという保証はどこにもないのだ。

目をつむったが睡魔はなかなか訪れなかった。悶々と寝返りを打つうちに、頭に浮かんでくるある光景があった。

風呂桶の前で洗い髪をしているおきぬの白い裸身である。片膝を立ててしゃがみ、こっちに背中を見せていたあの美しい後ろ姿。

頭を振って邪《よこしま》な思いを払おうとしたができなかった。その気になれば、隣の部屋に行くことなど造作ない。しかし、そんなことをすれば、これまでおきぬが出会った男たちと同じ人間になる。

もし、そんなことをすれば、今度こそおきぬは人を信じなくなるだろう。蓋《ふた》を固く閉じ、海の底で眠る貝のような女になるかもしれない。

そんなことがあってはならない。音次郎は欲情を抑えた。たとえ再び会えないとわかっていても、それはしてはならない。

おきぬはまだ若い。器量もいい。その気になれば、独りでも生きていけるだろうし、頼れる男と出会うこともあるはずだ。おきぬから希望を奪ってはならない。

音次郎は強く目を閉じた。それから自分にいい聞かせた。

おれは帰ってくる。帰ってこなければならないのだ。そうしなければ、妻と子の

いのだ。敵《かたき》を討つことはできない。そうだ、それを果たすためにも生き延びなければならな

　鳥のさえずりとともに夜が明けた。

　音次郎が目を覚ましたとき、すでにおきぬは起きており台所で朝餉の支度をしていた。

　いつものように湧き水に行き、顔を洗い髭《ひげ》と月代《さかやき》を剃ってさっぱりした。

　居間に戻ると、すでに朝餉の膳が整っていた。

　音次郎は静かに食べた。その様子を、おきぬは端然と座って眺めていた。

「……今朝も美味であった」

　いってやると、おきぬは、ふっと口許に笑みを浮かべた。

　六つ半（午前七時）には、永代橋西詰めの御船手番所《おふなてばんしょ》に行かなければならなかった。もうその時刻が迫っていた。

　袷《あわせ》の着流しに帯を締め、大小を腰に差した音次郎は戸口を出た。後ろからおきぬが追ってくる。

「気をつけて行ってらっしゃいませ」

「うむ、行ってまいる」

音次郎は深編笠を被《かぶ》った。

「旦那さん、必ず帰ってきてください」

音次郎は小さくうなずき、そのまま庭に進み出たが、途中で立ち止まって振り返った。おきぬは今にも泣きそうな顔をしていた。

「おきぬ、おれはおまえに会いに帰ってくる」

初めて「おまえ」と呼んだ。

「必ず帰ってくる」

「……はい、お待ちしております」

おきぬは深く腰を折った。

二

家を出た音次郎は竪川《たてかわ》沿いの道を歩いた。うっすらと川霧が出ており、背後から朝日が射していた。川を行き交う船はまだ少ないが、河岸場ではすでに人足たちが働きはじめていた。

音次郎は川筋の町屋を、深編笠のなかから感慨深げに眺めた。

町並みが新鮮に見えるのは、自分のなかで何かが変わったからだろう。道具箱を担いで長屋の路地から飛びだしてくる職人の姿も、店の前で水打ちをする丁稚《でっち》の姿も、そして出仕途上の武士の姿も以前とは違って見えた。

新辻橋まで来ると大横川沿いを辿《たど》り、ついで小名木《おなぎ》川沿いの道に出た。そのころには川霧はすっかり晴れ、太陽も高度を上げていた。

音次郎は大川にぶつかる小名木川の河口に架かる万年橋のたもとで一度足を止めた。橋の向こうにある柾木稲荷そばの船着き場からも流人船が出る。こちらはわりと罪の軽い咎人《とがにん》らの乗船場だったが、それらしき船はなかった。

大川沿いをつたって深川に入り、永代橋を渡った。渡ったところが御船手番所である。

音次郎は脇目もふらず長さ二百二十間余の橋を渡り、船着き場にある流人船を見てから御船手番所に足を運んだ。

番所の前には、黒紋付き羽織姿の役人と、突棒《つくぼう》を持った数名の小者が立っていた。町のものはその前をおそるおそる通ってゆく。

「旦那、お待ちしてました」

番所の手前、脇の路地から吉蔵が飛びだしてきた。

「裏からお願いします。こっちへ」

音次郎は促されるまま、吉蔵のあとに従い、裏手の勝手口から船番所に入った。数人の役人らと顔を合わせたが、みんなむっつり黙り込んだままだ。

こちらへと、框《かまち》をあがった小部屋に入ると、そこに牢屋敷の囚人と同じお仕着せがあった。吉蔵はそれに着替えてくれという。

「旦那にも流人になってもらいますんで……」

いわれるまま着替えると、今度は細引きで体を縛られることになった。

「このままずっと縛られたままか？」

「船に乗るまでの辛抱です。もっとも浦賀に着いたら、また同じことをされると思いますが、きつくは締めませんのでどうかご勘弁を……」

「刀と着物はどうする？」

「あっしが預かって家のほうに届けておきます」

「これじゃすっかり流人だな」

「申し訳ありません。浦賀を出たら、役人に化けたものが声をかけてくるはずです」

「そのものの名は？」

「わかりません。ただ、海といわれたら雲と答えてください。それで通じる手はずになっております」

「……ひとつ頼みがある」

「何でしょう」

「おれの妻と子を殺した下手人のことだ」

音次郎はじっと吉蔵を見据えていった。

「体の空いたときでいいが、探ってくれないか」

「……どこまでできるかわかりませんが、やってみましょう」

吉蔵はしばらく考えてからそう応じた。

「頼む」

音次郎はそのまま、船着き場そばの石段に座って待つことになった。

桟橋につけられた流人船が小さく揺れている。

船尾に「るにんせん」と染め抜かれた白木綿の幟《のぼり》がはためいていた。平仮名で記してあるのは重罪人を乗せる船を意味する。

先ほど、音次郎が立ち止まった万年橋そばから出る流人船には「流人船」と漢字で記されている。こちらは軽罪者の乗る船を意味していた。

流人の姿に身を変えてから小半刻ほどして、牢屋敷から囚人駕籠《かご》で護送されてきた罪人たちが到着した。その数、十六人。みな男である。

目つきはよくないが長い牢暮らしのせいか、顔色は青白くなっている。おまけに牢のもっそう飯ばかりを食っているので、揃ったように痩《や》せていた。音次郎と同じように細引きで体を縛られており、生気のない顔で船に案内された。

「それじゃ頼みました」

吉蔵はそっと耳打ちして、音次郎から離れていった。

役人らはみな横柄だった。船に乗り込むのが遅いと、遠慮なく突棒で背中や腰を突いたり、罵《ののし》りをあげて足蹴《あしげ》にした。

船は浦賀までは大きめの屋根船であるが、浦賀からは別の船になるらしい。

「船頭、出立《しゅったつ》だ！」

船役人が声をあげると、舳先《へさき》にいた小役人が法螺貝《ほらがい》を吹き、出立の合図を告げた。やがて艫《とも》に控えていた船頭が櫂《かい》を漕ぎだした。

永代橋の際には人だかりがあった。見送りなのか、それとも単なる野次馬なのかわからない。御船手番所の船着き場にも牢役人たちの姿があった。

船尾近くに腰をおろした音次郎は、無表情にその見送りのものたちを眺めた。

やがて船は人足寄せ場のある石川島を過ぎて海に出、海岸沿いをゆっくり西に向かっていった。

音次郎は海の彼方をぼんやり見つづけた。水平線が空の青と溶け合っており、その手前の海に漁師舟がかすんで見えた。

「浦賀までまだたっぷりあるが、飯と水は適当に与える。用を足したいものはその旨申し出ろ」

団栗《どんぐり》のような顔をした役人がしわがれた声で罪人らに告げた。

それからしばらくして、細引きの紐がゆるめられたが、海に飛び込むのを避けるために互いの腰紐はそのままである。もし一人が海に飛び込めば、隣のものも引っ張られ、芋蔓《いもづる》式になるので誰も無謀な考えは起こさない。

海岸沿いを進む船は、ときおり横波にあおられ大きく揺れた。品川を過ぎたころ、早くも船に酔ったものが出たが、役人らは、

「船を汚すんじゃない！　吐くなら海に吐け！」

と、叱咤するだけだった。

船は六郷の川口を右手に見て、さらに西に下ってゆく。神奈川の手前でにぎり飯が配られ、水が与えられた。音次郎はにぎり飯を食いながら、浜に押し寄せては返す白

い波や、磯の岩にぶつかって飛沫《しぶき》をあげる波を見ていた。

流人らは誰もが寡黙であった。

東にあった太陽はすでに西のほうに移っており、空は黄昏《たそが》れつつあった。風が出てきて波が高くなったころ、浦賀が近づいてきた。

「もうすぐ着くぞ」

江戸から浦賀まで約十六里の海路である。流人らに告げる役人の顔にも疲れが見てとれた。音次郎は船の行く手にある小さな港を見た。

薄闇の岸壁に立つ役人が、提灯を左右に振っていた。

三

その夜、浦賀の船番所の牢に流人らは押し込められた。狭い牢なので、すし詰めの状態である。おまけに土間に筵《むしろ》を敷いただけなので、日が落ち切ってしまうと、しんしんとした寒さが足許から這い上ってきて流人らの体を縮こまらせた。

粗末な夕餉を食ったあとは無駄話もできたが、それも束の間のことで、誰もがガチガチと歯を鳴らし、体を震わせて寒さと戦わなければならなかった。

「やい、番人！　布団とはいわねえが、菰《こも》の一枚でも恵んでくれたらどうだ！」

まだ元気のいい流人が声をあげると、いかつい顔をした牢番が現れ、何もいわずにその流人を牢から引きずり出し、いきなり暴行を加えはじめた。

腹を突棒でしたたかに突かれた流人は、息ができなくなり、海老のようにうずくまったが、その後頭部に棒が何度も振り下ろされた。

悲鳴をあげてやめろと叫んでいた流人は、ついにうつむけに倒れてしまった。その背や尻や太股に、棒が打ち下ろされる。

肉をたたく音が牢内にこだまし、低いうめきが流人の口からこぼれる。たたかれた箇所には青黒い筋が走り、ところどころが切れて血が滴った。痛みに耐える流人はうめいていたが、やがて声もなく泣きはじめ、口から涎《よだれ》のような液を出し、小便を漏らした。

私刑が終わったときには、元気のよかった流人は半死半生の状態で、二人の牢番に両腕を取られて、牢のなかに放り戻された。

「文句のあるやつはいつでも声をあげな」

散々暴力をはたらいた牢番が流人らをねめ回した。

もう誰も口を利くものはいなかった。

流人らはガタガタと体を震わせながら、寒い夜を過ごさなければならなかった。音次郎は寝るのをあきらめた。寝ればなお寒さが募る。できるだけ手足を動かしながら寒さに耐えるしかなかった。それでも、手足の指の感覚が麻痺《まひ》し、自然に鼻水が垂れた。

音次郎はこれからのことを考えた。この先はもっと過酷なことが待ち受けているかもしれない。それは人ではなく、自然なのかもしれないと思わずにはいられない。

吉蔵を介して囚獄・石出帯刀《いしでたてわき》からもたらされた使命は、半年前、下谷広小路の料理屋・伊勢鶴に押し入り、家族と奉公人を含め十四人を殺害し、千三百両の金を盗んで逃げた首謀者の割り出しであった。

これは火付盗賊改方《ひつけとうぞくあらためかた》が探索をつづけていたのだが、ついに手がかりをつかむことができなかった。ところが強請《ゆすり》の咎《とが》で北町奉行所に捕らえられた清次郎《せいじろう》という与太者がいた。これを大番屋で締めあげていると、

「おれは伊勢鶴に入った盗賊を知っている。それをいうから勘弁してくれ」

と泣きついてきた。

拷問をかけていた同心は目の色を変え、上役に相談をして、清次郎と取り引きをすることにした。

「それで、その賊はどこの誰でどこに隠れていやがる？」

「頭は漁《いさ》り火の権佐《ごんざ》という男だ。だが、おれは直にその男に会ったことはねえ」

「このぉ、出任せをいったのか！」

同心は怒りに目を吊《つ》りあげたが、

「待ってくれ。その漁り火の権佐を知っているやつがいる。昔、その権佐の片腕だった男だ。だから、そいつの口を割れば何もかもわかるはずだ」

「それでそいつは……」

「島流しになっている骸《むくろ》の伊平次《いへいじ》という男だ。調べりゃわかる」

そのことで町奉行所が調べると、たしかに人殺しの指図をした伊平次という男が昨年の春に八丈島送りになっているのがわかった。

流人船の護送役人、あるいは島の村役人に頼み、伊平次を江戸に送り返せば手っ取り早いと思われるが、そうはいかなかった。

流人船の運航は春と秋の二回のみで、それも島に着いた船はすぐには引き返さない。流人船は当初、幕府の御用船だったが、このごろは各島の持ち船が使われていた。

この船は流人を護送するだけでなく、江戸との交易を目的として八丈島や大島などの特産品を積むために半月、あるいは二月も三月も留まることがある。よって、

「そんな悠長なことはしていられない」

というのが町奉行所の考えであった。

そこで、音次郎の出番となったわけである。

伊平次を江戸に連れ帰るのが最善であるが、それができなければ伊平次の口を割り、漁り火の権佐のことを事細かに聞きだすのが、音次郎の今回の役目だった。

ともかく船番所の牢は酷寒であった。牢には高窓があり、そこからも寒風が吹き込んできた。流人らは肩を寄せ合い、それこそ団子状態でひとかたまりになって寒さをしのぐしかなかった。

翌朝、音次郎らは再び船に乗せられ、浦賀を離れた。

今度は伊豆下田に向かうのである。いよいよそこから島流しの船に乗るのだが、これには天気待ちというのがあった。その朝、浦賀を出港できたのも、天気がよく波が穏やかだったからである。

下田に向かう船は江戸から来た流人船ではなく、大きな漁師船だった。

流人らの縛めは相変わらずではあるが、それでも幾分動きやすいように緩められ、船内を歩くこともできた。

船が御崎（現・三崎）をまわり相模灘《さがみなだ》に出ると、音次郎は舷側にもたれ、濃い潮の香りを嗅ぎ、空に舞う鷗《かもめ》や鳶《とび》の姿を眺めて暇をつぶした。

昨夜は死ぬほど寒い思いをしたが、日が高くなるにつれ陽気がよくなり、ぽかぽかした日光の下でうたた寝さえできた。

「おまえさん、見ねえ顔だな。牢にもいなかったな」

昼寝から目覚めたとき、ひとりの流人が話しかけてきた。

馬七《うましち》という男で、いかさま賭博《とばく》の常習犯だった。流人らのことは、船内で聞き耳を立てていたのでおおよそわかっていた。

「溜《ため》に入れられていたんだ」

「へえ、それにしちゃ顔色がいいじゃねえか」

馬七は顎の無精髭を引き抜きながら、疑い深い目で見てくる。

溜とは病檻のことで、品川と浅草にあった。いずれも重病人を入れる療養所だが、生きて出るものは希《まれ》だった。

「さいわい病が治ったから予定どおりの島流しだ」

「そうだったのかい。どうせなら溜で死んでたほうがましだったかもしれねえな」

馬七は、ひっひっひと、欠けた歯を見せて短く笑った。

「で、何をやらかしたんだ?」

「殺しだ」

「めずらしくもねえな」

馬七は自分の腕をまくって、ぼりぼり掻いた。腕には三本の入れ墨が入っていた。

「それで、誰を殺った？」

「人に頼まれての辻斬《つじぎ》りだ。相手のことはよくわからん」

「それじゃこっちの腕が立つんだ」

馬七は自分の腕をぴしゃりとたたいて、少し尊敬の眼差しになった。

「まあ、お手やわらかに頼むよ。これからは長い旅だ。浦賀から下田まで四十三里もありやがる。目がくらみそうだ」

「これまで島流しになったことがあるのか？」

「いや、初めてだ。遠島になりゃ二度と帰ってこれねえらしいからな。だけど、あんたみたいな人がそばにいると頼もしいや。何しろ島にいるのは悪党ばかりだろ。腕の立つ人間がほしいと思っていたんだ。どうだ、おれと組まねえか」

音次郎はひょっとすると、この男が吉蔵のいった手引きの人間かと思った。

だが、とりとめのない雑談をしていても、ついに馬七の口から合い言葉は出なかった。

船はすっかり日が暮れたころ網代《あじろ》に着いた。

流人らは浦賀同様、陸に上げられたが、牢の待遇は昨夜よりよかったし、気温も上がったので寒さに怯《おび》えることもなかった。

そして、その翌早朝、船は下田に向けて出港した。

四

下田に着いたのは日の暮れる前だった。船がうまく潮に乗ったらしく、一気に下田までやってきたのだ。

下田はいわずと知れた大港で、港の入口に警戒と偵察を兼ねた遠見番所が設けられていた。港内には磯が多く、弁天島や和歌之浦の岬が突きだしている。船はゆっくり港内に入っていった。

港町には民家が多く見られ、磯では漁師らがその日最後の仕事をしているところであった。小さな町屋には夕餉の支度をする煙もたなびいている。

「音次郎さんよ、あっちがそうだよ」

馬七の指すほうを見た。

はるか沖にいくつかの島影があった。近くに見えるのが大島だった。その先の島はどれも夕闇に包まれているのか、まるで幻のようにぼやけていた。

「八丈島はどれだ?」

「ここからじゃ見えないんじゃないかねえ。何しろ三宅島から六十余里もあるっていうから……。天気がよければ見えるんだろうが……」

そんな無駄話をしているうちに、船を降りるんだと、役人らに追い立てられた。

「明日は風待ちだ」

牢に入れられるなり、護送役人がやってきて、そう告げた。

その夜、長い船旅に疲れた流人らは泥のような眠りについた。

そして翌朝、流人らの流される島が決まった。

遠島刑に使われるのは八丈島、新島、三宅島の三島にかぎられており、これは明治まで踏襲された。

音次郎を含めた十七人の流人たちの送られる島がつぎつぎと決まった。馬七は八丈島であったが、

「殺しの咎人・音次郎、三宅島」

そう呼ばれたとき、音次郎は、はっと顔を上げた。三宅島では困る。何としても八

丈島に渡らなければ、役目は果たせない。

「お役人」

と、声をかけたのは髭面の護送役人がつぎの流人の名を呼んだときだった。

「なんだ？」

「おれは八丈島送りだと聞いていたんですが……」

髭面の役人はにやりと頰に笑みを浮かべた。

「おまえは頭がおかしいのか？　八丈島は三宅島のずっと先だ。そんなに遠島が好きなら、そうしてやってもいいが、いずれにしろおまえらは三宅島で三月か半年は過ごすことになる。そのときにでも向こうの村役人に相談するんだ。あきれた野郎だ」

髭面の役人は吐き捨てるようにいうと、つぎの流人たちの島を読みあげていった。

困ったことになった。三宅島で足踏みをすることになるとは……。

吉蔵や囚獄らはこのことを知らなかったのか？

下手をすれば、骸の伊平次に会うまで半年も待つことになる。

半年……。

音次郎はその月日の長さに愕然《がくぜん》とするばかりだった。

それに、手引きをする人間がまだ現れない。音次郎はにわかに焦りを感じながら、亀戸村の家を思いだした。

今ごろおきぬは何をしているだろうか?

まさか、この役目に半年もかかるとは思っていないだろう。それに、役目を終えて帰ったとしてもおきぬがいるかどうかわからない。

音次郎は大きなため息をつかずにはおれなかった。

翌日は曇りであった。海が荒れているらしく、出港は風待ちだと教えられた。

二日目の昼ごろから天気が回復し、牢内にも日が射し込むようになった。船番所の外から海鳥の声や近所の子供たちのはしゃぎ声が聞こえてきた。

流人らはすっかり観念しているようで、誰もが早く島に渡ってしまいたいと口を揃えた。島に渡れば、縛られることもなく自由に歩きまわれると聞かされているからである。

「おれは島抜けするぜ。誰か乗らねえか」

そんなことをいうものがいたが、賛同するものは誰もいなかった。

出港は明日だと知らされたのは、その日の夕刻であった。

音次郎はこの日も手引き人が自分に接近してこないことに疑問を持った。

もしかすると、このまま本当に島流しになってしまうのではなかろうか。あるいは手引き人に何か不都合なことがあった、もしくは囚獄の方針が急遽《きゅうきょ》変わったのか――。

一度黒頭巾の四人の賊に試されるような襲撃を受けた。あの結果見放されたのではないかと、そんなことも考えるようになった。

すっきりしない不安を抱えているうちに夜が明け、船番所の牢から出され、桟橋に連れてゆかれた。十数艘《そう》の船にまじってひときわ大きな千石船ふうの流人船が浮かんでいた。

あれが八丈島に流人らを護送する地獄船か……。

音次郎はじっとその船を見つめた。

それは大きな荷船だった。流人の他に米や野菜や小間物などが積み込まれた。島に運び、島からは絹織物や干し魚、鰹節《かつおぶし》などが江戸に輸送されることになっていた。

船には護送役人の他に四人の水夫《かこ》が乗り合わせていた。流人らは腰紐を外され、後ろ手に縛られているだけになった。用を足すときや食事のときはその縛めも解かれるが、見張りはきっちりついていた。

下田を出た船はそのまままっすぐ三宅島に向かった。約半日の航程らしい。

外海に出た船は波をかきわけて進んだ。穏やかな天候だが、張られた帆は大きく風をはらんで船を進めた。

左手に大島、前方には利島《としま》や新島、そして神津島が見えた。下田方面を振り返ると早春の日にかすむ伊豆の山並みが見えた。船を追いかけるように頭上で海猫が舞っていたが、沖に進むうちにその姿は見えなくなった。

音次郎はぼんやりとそんな景色を眺めていた。

「船は初めてかい……」

ふいに塩辛声がしたので、そっちを見ると真っ黒に日に焼けた水夫だった。焼けた顔には刻み込んだような深いしわがあり、しみが広がっていた。水夫は太い指で唇をなぞって音次郎を探るように見て、視線を外した。

「こんな大きな船に乗るのは初めてだ。長い船旅もそうだ」

「そうかい」

水夫は煙管《きせる》を出して火をつけて吸った。それから紫煙を吐きだし、

「海」

と、低めた声を漏らした。

音次郎は、はっとなって水夫に顔を振り向けた。濁った目がこっちを見ていた。

「……雲」

そう答えると、水夫は顎をしゃくって隣に座れと促した。

音次郎は黙って従い、

「おれは八丈島には送られないことになっているぞ」

「こっちを見ないでくだせえ。今、話してやりますので……」

水夫は口調を変えた。

音次郎は銀鱗のようにきらめく遠くの海を眺めた。

水夫の吐き出す紫煙が鼻先を流れていった。

「升蔵《ますぞう》と申しやす。旦那は八丈に行くことはありません。伊平次という男は、三宅島におりますよ」

「……八丈島にはいなかったのか？」

「やつは村役人にうまく取り入ったようで、反物の交易に一役買う男になっております。三宅島に移って源三郎《げんざぶろう》という村長《むらおさ》の手伝いをしているんです。二月ほど前にそうなったと耳にしております」

「なるほど」

「船は三宅島に着いたら、三月は動きません」

「三月も……」

「三月たったら八丈島に向かいます。その間にこれより小さな荷船がやってきて、新島に送る流人を連れてゆきます」

「役目を果たしたら、おれもその船で戻るというわけか……」

「いいえ。その船じゃありません」

「それじゃどうやって戻る」

音次郎は思わず振り返った。

「こっちを見ないでくだせえ」

音次郎は顔をそむけた。

「そのことはわしにまかしておいてください。旦那は伊平次に会うのが先決でしょう」

「……そうだ」

「やつのねぐらもわかっています。ですが、やつは気をつけなきゃならねえ男です。噂では源三郎の用心棒みたいなこともして、商売の邪魔をするやつをこっそり闇のなかに葬っているってことです」

音次郎は空の一画を凝視していた。

「島は罪人ばかりがいるわけじゃありませんが、離れ小島のことです。殺しがあっても、よほどのことがなけりゃ代官も役人も面倒な調べはしません。それに島に流されてきた罪人同士が殺し合うのは、めずらしいことじゃありませんし、役人らも手間が省けると喜ぶ始末です。……旦那、気をつけてくだせえよ」

「今日には三宅島に着くんだな」

「着きます。着いたら、まずは落ち着き先に案内します。それまではおとなしくしていてください」

升蔵が腰をあげる気配があったので、音次郎は「待て」と低い声ながら強くいった。

「このことは他の役人は……」

升蔵は首を振って、誰も知らないと答えた。

五

三宅島に着いたのは、太陽が下がりはじめた八つ半（午後三時）過ぎだった。

流罪人は船を降りて桟橋を渡ると、船番所でひとりひとり名を呼ばれ、島で生活するうえでの注意を受け、掟《おきて》を守ることを約束させられた。

それからはいくつかの組に分けられ、それぞれの流人小屋に案内された。いずれ八丈島や新島に渡るものも、しばらくはこの島の流人小屋で過ごすことになった。

音次郎は三人の流人とともに、二人の島役人の先導で海岸沿いの細い道を歩かされた。港から南の方角である。どこまで行くのだと役人に聞いても、

「黙ってついてこい」

と、高飛車にいわれるだけである。

半里ほど進んだときだった。行く手にある切り通しの横から升蔵が現れた。

「これは升蔵さん、何をしておられる」

年嵩《としかさ》の役人が立ち止まって声をかけた。

升蔵はその役人を手招きしてそばに呼びつけると、こそこそと耳打ちをして手に何かを握らせた。役人がちらりと音次郎を振り返った。

それから役人は戻ってくるなり「おい」と音次郎を顎でしゃくった。

「おまえはあの親爺についていけ、他のものはこっちだ」

二人の役人は音次郎を残して、その場を去った。同じ流人の二人が振り返ったが、不思議そうに見るだけで何もいいはしなかった。誰もが、自分たちの処遇が気になっているだけで、他人のことなどどうでもよいのだろう。

「旦那、こっちへ」

升蔵は音次郎が来た道を引き返した。

「どこへ行く？」

「流人小屋に泊まることはありませんよ。あっしの家に泊まりなさい。どうせ、旦那は二、三日うちにはこの島を出るんだ。それにあっしは独り身です、遠慮はいりませんん」

「舟はどうする？」

「あっしはもともと船頭です。舟は明日にでも用意しますからご心配なく」

升蔵は余裕の笑みをしわ深い顔に浮かべた。

なるほどそういうことかと、音次郎は思った。

それにしても透明感のある海の美しさにはため息が出るほどだった。傾きつつある夕日が、その海に光の帯を走らせていた。

江戸は寒さがまだ厳しかったが、この島は暮れてきても暖かかった。

「まあ、好きなところへ……」

升蔵の家は掘っ立て小屋ふうであったが、屋内に入ると暮らしに必要な調度が申し分なく揃っていた。八畳大の板の間に囲炉裏があり、音次郎はそこに収まった。

天井の梁《はり》から吊した自在鈎《じざいかぎ》に鍋が掛けられていた。囲炉裏に火をくべると、升蔵は五徳の上に鉄瓶を乗せた。

「まあ、今夜はゆっくりやりましょう。旦那の仕事は明日からでいいでしょう」

「……そのつもりだ。慣れない船旅で疲れている」

「酒でもやりますか」

そういって升蔵はそばの茶箪笥からぐい呑みを出して、酒をなみなみと注いだ。

音次郎はその様子を見ながら、

「おまえは誰の依頼を受けて、おれの手引きをしている？」

「島名主ですよ。江戸から書状が届き、あっしに話がありましてね。まあ、それ相応の金はもらいましたが、名主はそれ以上の金を懐に入れてるんじゃねえかな」

島を取り仕切るのは名主で、その下に坪田村・神着村・伊豆村・伊ヶ谷村・阿古村の五つの集落があり、各村は長が治めているらしい。

「伊平次という流人の面倒を見ている源三郎という男は、阿古村の長です」

「それはどこだ？」

「ここから一里半ほど南に行ったところです。さあ、どうぞ」

音次郎はぐい呑みを受け取って口をつけた。

升蔵は喉を鳴らし、さもうまそうに呑んで口を手の甲で拭《ふ》いた。

「おれのことはどのように聞いている？」

「ただ、江戸から来る役人だと……旦那も大変ですね」

升蔵は詳しく教えられていないのだろう。それに詮索《せんさく》しようともしない。

「できれば明日にでも仕事はすませたい。舟の用意にどれぐらいかかる？」

「うまくいけば明日、そうじゃなくても明後日には都合つけます」

「……頼むぞ」

「旦那、伊平次を殺《や》るおつもりですか……？」

濁った目がじっと見てきた。

「そのつもりはないが、どうなるかわからん」

「やつは一筋縄じゃいきませんよ。よかったらこれを持ってると役に立つかもしれません」

升蔵は背後の障子を開けて、刃渡り十寸ばかりの刃物を出した。それは粗末な手作りの鞘に納まるようになっていた。

「海で大物の魚を捌《さば》くやつですが、少しは役に立てるかと……」

「いいのか？」

「どうぞ」

「かたじけない。……ところで、この島には何人の流人がいる？」

「さあ、何人でしょう。十人にひとりってとこでしょうか」

「流人らは普段は何を……」

「何もしちゃおりません。流人小屋のそばに畑を作ったり、魚を獲りに行ったり……漁師の手伝いをするものもいます。もっとも畳職人とか大工は声がかかったりして職にありつくのもいますが、あとは乞食みたいなもんです」

「それじゃ流人同士力を合わせて何かをやるということは……」

「ありません」

升蔵は手を振って否定した。

「流人は独り暮らしが決まりです。嫁を取ることもできませんで……」

年を取らなくても面倒を見るものがいないので、人知れず病気になって死ぬものもめずらしくないと、升蔵は付け足した。

「まあ、親切な島のものに面倒見られる流人なら幸せでしょうが、質《たち》の悪い流人なら、誰も相手にしません。村役も性悪の流人とわかれば、草も木も生えない雄山《おやま》に追いやっちまうんです」

雄山とは島にある大きな火山である。

この山はどういうわけか二、三十年に一度噴火して島民を悩ますそうで、その怒りを鎮めるために、生《い》け贄《にえ》として流人を火口に突き落とすこともあるという。

「どうせ、罪人だから文句はいえませんからね」

明日のことは抜きにして、升蔵は島のことを問わず語りに話してくれた。

音次郎はその夜、夢も見ずに泥の眠りに落ちた。

六

「それじゃ伊平次の面だけ拝んでおいてください。あとは旦那の仕事です」

魚のたっぷり入った雑炊を食い終えたとき、升蔵がそういった。

「それじゃ案内してくれ」

音次郎は升蔵といっしょに阿古村に向かった。

すでに日は高く昇っており、島を囲む渺茫《びょうぼう》たる海は光り輝き、山にはすでに春の息吹が感じられ、江戸では見られない草花が花びらをほころばせていた。

目を転じると、細い噴煙を立ち昇らせる雄山が見えた。

海岸沿いの道はでこぼこと荒れており、大八車一台がやっと通れるほどの幅しかない。山側に切り立った崖《がけ》があるかと思えば、岸壁にぶつかった波が飛沫を散らす場所もあった。海鳥たちの騒がしい声もあり、気流に乗ってゆっくり旋回する鳶の姿も見られた。

升蔵は大鼻といわれる岬の近くで立ち止まり、

「旦那、やつの流人小屋です」

岬に進む小道があり、少し崖を下ったところに粗末な小屋があった。茅葺《かやぶ》きの屋根には石が乗っているが、大風が来たらあっさり吹き飛ばされそうな貧弱さだ。

「八丈島から移ってきてすぐ与えられた小屋ですが、ほとんど寄りつかないようです」

「それじゃ、普段は……」

「源三郎さんの家の離れです。そっちも教えておきましょう」

升蔵は足を進めながら、このあたりから見る夕景色は日の本一だと誇らしげな顔をした。道は途中から切り通しになった。崖の斜面に石蕗《つわぶき》やタラの芽があった。

切り通しを抜けると、急に景色が開け、集落が見えた。入江となった白い砂浜の先に港があり、大小の船が波に揺れていた。

港は閑散としており人の姿は少ないが、一艘の舟が今まさに出港しようとしていた。

「チッ、来るのが遅かったか」

舌打ちをした升蔵がいきなり足を速めた。

「どうした？」

「どうやら東の港に行くようです。あれに伊平次も乗っているはずです」

「源三郎の舟か？」

「そうです。源三郎さんは絹織物の他に薬草や干物を扱っております。その荷下ろしに行くんでしょう」

「東の港というのは？」

「八丈島や御蔵島《みくらじま》からやってくる舟がつけられる港です。舟は小さな漁師舟ですから、誰も乗りたがりませんが、船頭らは命がけで海を渡ってきます」

港に着いたとき、源三郎の舟が岸をゆっくり離れた。舳先に立っていた男が、升蔵を見て声をかけてきた。

「升蔵さん、流人船を運んできたそうだな。使えそうなのはいるかい？」

「今度はいねえな」

「どこ行くんだ？」

「荷積みだよ」

声を返す男のそばに数人の若者が立った。そして、また幾人かの男たちがものめずらしそうに姿を現した。そのとき、升蔵が声を低めた。

「旦那、右から二人目のやつが伊平次です」

音次郎は伊平次を見た。襟元を大きく広げ、首に手拭いをかけていた。無駄な肉を削《そ》ぎ落としたような体つきで、目つきもよくない。年の頃三十前後だろうか。そのように見えた。伊平次はこっちを見たが、興味なさそうに背を向け、姿を消した。

やがて、舟はゆっくりと港を出ていった。

「やつらの行く港に行きますか？」

音次郎は青い空に浮かぶ雲を見て考えた。

「夕刻にはこっちに戻ってくるんだな」

「へえ、戻ってきます」

「それなら待つことにしよう」

「それじゃ、あっしは舟を調達に行きますが、どうします？」

「この辺を探っておこう。それも大事なことだ」

「暮れたら、あっしは家に戻っておりますので……」

升蔵はそのまま坂道を引き返したが、途中で立ち止まった。

「源三郎さんの家は、あの大きな屋敷です」

音次郎はそっちを見た。

それは港の東の丘にあった。曲がりくねった坂道を一町ほど登ったところだ。家は石垣で囲まれており、鮮やかに咲いた大きな躑躅《つつじ》があった。

「伊平次はあの家の北にある離れに寝起きしております」

「あとで様子を見に行ってみよう」

「旦那、くれぐれも気をつけてくださいよ」

「うむ」

升蔵が去ると、音次郎は源三郎の家に足を運んだ。近くの家に比べ、ひときわ大きな屋敷だった。伊平次の住まいはすぐにわかった。山の斜面に面する北側の小さな家だ。升蔵は離れといったが、納屋を普請しただけのようだ。

音次郎はその離れと、母屋を観察した。鳥の声がするぐらいで静かである。

源三郎の家からさらに上に行ってみた。風雨にさらされた小さな家があるぐらいで、その先は細い山道になっていた。

山に入っても仕方ないので引き返し、伊平次の流人小屋に戻った。

大鼻といわれる岬の付け根に位置するその小屋は、広さ四畳半ほどだった。土間には黒く汚れた筵《むしろ》が敷かれており、その端をめくったところに簡素な七輪と水瓶が置かれていた。板壁には破れた網を掛けてあり、戸板の隙間から筋となった外光が射し込んでいた。

七輪の灰をさわると、温もりがあった。

音次郎は板壁の隙間を凝視して、ここには誰か住んでいると思った。伊平次が源三郎のあの離れで寝起きしているのであれば、別の人間だろう。

その流人小屋を出た音次郎は岬の突端まで足を進めた。足許には白いカギイチゴの花や黄色い蒲公英《たんぽぽ》が見られた。三宅島は江戸より春の訪れが早いようだ。

岬の先は断崖絶壁となっており、いくつかの島がかすんで見えた。新島や神津島だ。

暇つぶしに海岸を歩いた。海は透き通っており、魚影の群れを見ることができた。

頭の隅でおきぬのことを考えた。

今ごろ何をしているだろうか？　あの家で、自分の帰りを本当に待ってくれているだろうか？　おきぬの顔が瞼の裏に浮かんだ。

音次郎はそんな自分のことをいぶかった。なぜ殺された妻や子のことより、おきぬを気にしているのだと……。

ゆっくり西に移動した太陽が傾きはじめると、漁に出ていた舟が一艘、また一艘と港に戻ってきた。そして、海に西日が走るころ源三郎の舟も戻ってきた。

音次郎は浜に引きあげられた小舟の陰で、源三郎の舟を見張った。彼らは積み荷を一台の大八車に乗せて、丘の上の屋敷に帰っていった。

伊平次もその大八車を他の人足にまじって押していた。

やがて大八車が源三郎の家に着くと、人足らはそのまま坂道を下っていった。自分の家に帰るのだろう。伊平次はそのなかにはいなかった。

音次郎は近くの木立に身を置いて待つことにした。洗濯物を取り込んだり、薪を取りに来る使用人や家人の姿があった。闇が下りると、庭に家の明かりがこぼれた。

それから一刻が過ぎた――。

幾千万という星たちが島の上に広がった。

音次郎は伊平次が離れに移ったときに、そこを訪ねるつもりだった。無用な騒ぎを起こすつもりはない。

さらに小半刻が過ぎ、千鳥足の男が二人、戸口から出てきた。酔っているらしく楽しげな笑い声をあげて坂道を下っていった。

それからしばらくして、母屋の裏から離れに移る提灯の明かりが見えた。提灯の明かりに、男の顔が浮かんだ。

伊平次だ。

音次郎は木立を抜けながら、腰に手をあてた。

昨夜、升蔵から預かった例の刃物である。

七

足音を忍ばせ離れに近づこうとしたそのとき、閉まっていた戸がいきなり開いた。

音次郎はとっさに椿の幹に身を寄せた。気づかれた素振りはない。

伊平次はそのまま庭を横切り、源三郎の家を出て坂を下りはじめた。

提灯の明かりが徐々に遠ざかってゆく。音次郎は十分な間を置いて伊平次を追った。あたりに人気《ひとけ》はない。一気に差を詰めて声をかけるか、しばらく様子を見るかためらった。伊平次は港まで下りると、そこから方向を変えた。あの流人小屋のほうだ。

伊平次の足が速くなった。それに合わせ提灯の揺れも大きくなった。

島は深い闇に包まれているが、星明かりのお陰で細く延びる道が白く浮かんだように見えた。道は荒れているが、目は闇に慣れていたし、星明かりもあるので歩くのにさしたる支障はなかった。

やはり、そうだった。伊平次はあの流人小屋に向かうのだ。

だが、その小屋につづく道に入ったとき、伊平次の提灯が、ぽっと消えた。

音次郎は足を止めて、目を凝らした。

伊平次の黒い影も見えない。気づかれたのか？　そんなことはないはずだが、音次郎は五感を研ぎすまして前方に注意の目を向けた。

だが、伊平次の姿は忽然《こつぜん》と消えたままだ。音次郎はゆっくり歩を進めた。崖を這い登ってくる潮騒《しおさい》が響いてくる。山のなかでは鳥の声もする。

ひんやりした海風が頰にぶつかってきて、流人のお仕着せの裾をひるがえした。

伊平次の影を見つけることはできない。音次郎は何度か立ち止まって、あたりに目を配った。すでに流人小屋に戻ったのか……。だが、なぜ提灯を消す？　もしや風で蠟燭《ろうそく》が消えたのか……。

伊平次の姿が消えたあたりにやってきた音次郎は、立ち止まってまわりに目を凝らした。

崖下から吹き上げてくる風が、近くの林をざっと騒ぎたてた。

どきりと、心の臓が跳ねあがった。じりっと、地面の音をさせて、数歩進んだそのとき、背後に異様な気配を感じた。それは尋常でない殺気を伴っていた。

音次郎はとっさに振り返りながら、腰の刃物に手を伸ばしたが、その前に黒く塗り込められた闇に、鈍く光るものが走った。

しゅん、という風を切る音がして、ムササビのような黒い影が襲いかかってきた。完全に虚をつかれていた。

音次郎は尻餅《しりもち》をつく恰好《かっこう》で地面に倒れ、そのまま横に転がったが、黒い影は間髪をいれずに、馬乗りになって音次郎の襟をねじり上げ、喉元に短刀を突きつけていた。

「……何で尾《つ》けやがる？」

星明かりを受けた禍々《まがまが》しい目が、音次郎を見下ろしてきた。

「伊平次だな」

音次郎は身動きの取れない状態のまま声を返した。

第四章　脱出

一

「てめえは誰だ？」

伊平次は音次郎を押さえたまま、歯の隙間から声をこぼした。音次郎は下手をすれば、喉を掻き切られるという恐怖に襲われていた。

「……牢屋敷に入れられる前におまえの噂を聞いたんだ」

「なんと？」

「流人のなかで一番頼れる男だと」

とっさの思いつきだったが、伊平次の目にあった殺気がかすかにゆるんだ。

「……それを誰に聞いた？」

「漁り火の権佐の仲間だ」

「ほんとだろうな……」

伊平次は首をかしげて、何かを思いだす目つきになった。

「嘘じゃない。それで、今朝入江で会った船頭におまえのことを聞いて、村長のところにいるというので待っていたんだ」

「おまえ、今朝港に来ていたな。違うか……」

「……ああ」

「何の咎で流されてきた？」

「人に頼まれて口入れ屋の主を殺したが、縄にかかっちまった」

「ドジな野郎だ」

そういった伊平次はゆっくり離れたが、隙は見せなかった。

音次郎は仰向けに倒れたまま伊平次を見あげた。その肩越しに空にまたたく満天の星があった。

「立て。妙なことしやがると、今度こそ命はねえぜ」

音次郎は用心しながらゆっくり立ちあがった。伊平次は消えている提灯を差しだし、それに火をつけろと火打ち袋を放った。

音次郎は提灯に火を入れながら、腰にある刃物を見られないようにした。伊平次はそれに気づいていないはずだ。

提灯に火が入ると、伊平次の足許を照らしてやった。

その刹那《せつな》、伊平次が素早く腕を振り、腰の刃物を奪い取った。

「危ねえものを持っていやがる」

そのまま崖下に刃物が放られた。

無腰になった音次郎は、伊平次に指図されるまま細道を辿《たど》り、例の流人小屋に入った。

「さっき権佐のことを口にしたが、会ったことがあるのか？」

「いや。その手下と知り合っただけだ。いずれ頭に会わせてもらうつもりだったが、その前に御用になっちまったから……」

「手下の名は？」

伊平次は警戒心を解いていなかった。音次郎の腹の底をのぞくような、疑《うたぐ》り深い目を向けてくる。

「清次郎といっていた」

「……清次郎……知らねえな」

伊平次は一瞬目をすがめてから、言葉を足した。

「おまえの流人小屋はどこだ？」

「伊ヶ谷村だ」

「あすこか……妙な真似するんじゃねえぞ。おめえはどうも信用がおけねえ。もっともここに流されてくるやつらはどいつもこいつも同じだが……」

伊平次はわずかに警戒心をゆるめ、短刀を帯に差し、蠟燭に火を点した。こけた頬に無精髭、剝き出しの肌は顔と同じように赤銅色《しゃくどういろ》をしていた。音次郎は何としてでも立場を逆転しなければならなかった。だが、自分の手に武器はない。素手で戦ってもいいが、勝算があるかどうか不明だ。

「清次郎という男は、権佐の仕事を手伝っているやつなんだな」

「そう聞いた。頭は半年前、下谷広小路の料理屋に入って千三百両をまんまと盗みだしたようだ。清次郎はそのとき、引き込みをやったらしい」

引き込みというのは、盗賊らが盗みに入る店に事前に入り込み、戸締まりを外し仲間を誘い入れる役目をいう。店の奉公人になりすますこともあれば、こっそり忍び入ることもある。

「……なるほどな。権佐の野郎、うまく渡り歩いているってわけだ」

「おまえも昔は仲間だったんだろう」

「ああ、そうさ。だが、手下にちくられてこのざまだ。くそッ」

「権佐ってのはどんな頭なんだ？」

伊平次は上目遣いににらんできた。

板壁の隙間から風が入り込んできて、蠟燭の炎を揺らした。

「何でそんなことを聞きやがる？　清次郎って野郎から聞いてるんじゃねえのか？」

「あいつは下っ端だ。おまえは権佐と仲がよかったと聞いている」

「ふん、今さらやつのことなど話しても埒《らち》もねえ」

伊平次は腰に下げていた竹筒を外して、口をつけた。酒が入っているらしく、その匂いがかすかに漂ってきた。

「だが、昔はやりたい放題だった。権佐は知恵もまわるし、度胸もある。こんなことになってなきゃ、今でもやつと組んでいたはずだ」

「権佐はどこにいるんだ？」

「やつの隠れ家さ。用心深いからそんなねぐらがいくつかあるんだ」

音次郎はここでためらった。もっと聞きたいが、突っ込んだことを聞けば不審に思われるのは明らかだ。信用を得るために刻《とき》を稼ぐほうが賢明だろうが、果たしてこの男が人を信用するかどうかわからない。

「相談に乗ってくれないか……」

話を変えてみた。

「何の相談だ？」

伊平次がそういったとき、この小屋に近づいてくる人の気配があった。

「誰か来る？」

「心配いらねえ。変な野郎じゃねえさ」

伊平次は口を曲げ、にやりと笑った。足音はもう小屋のすぐ前まで来ていた。

「おめえは今夜は帰るんだ。おれに会いたきゃ、明日の朝港に来るんだ。長話はできねえが、そのときおまえの相談とやらを聞いてやる」

「……誰かいるの？」

戸口で女の声がした。

「入れ。心配はいらねえ」

伊平次が返事をすると、戸がゆっくり開かれ、女が入ってきた。色の黒い小太りの女だった。年の頃二十歳ぐらいだろうか。大きな黒目勝ちの目で音次郎を見てきた。

朝、この小屋の七輪にぬくもりが残っていたが、この女が使ったのかもしれない。

「名は……そうだ、てめえの名は何という？」

「音次郎だ」

「おはま、そういう名だ。今日この島に流されてきた新入りだ」

「そうなんだ。……今夜は帰ったがいいの？」

おはまは媚《こ》びた目を伊平次に向けた。そのとき、伊平次にわずかな隙が見えた。女が来たことで油断をしたのだ。音次郎は見逃さなかった。

両足で土間を蹴ると、そのまま前に飛び、伊平次に体当たりを食らわせた。

「うっ」

派手な音を立て板壁に背中をぶつけた伊平次がうめいた。その瞬間、音次郎は腰の短刀を抜き取り、背後から伊平次の首に腕を巻きつけた。

「……油断したな。伊平次」

二

「て、てめえ……何のつもりでこんなことを……」

「聞きたいことがあるだけだ」

音次郎は奪い取った短刀の刃を喉にぴたりとつけたまま、伊平次の首を絞めた。戸の前に立っているおはまが怯え顔で、この突然の事態を見ている。どうしていいのかわからないのだろう。

「ふざけたことをしやがって、このままただじゃすまねえぜ」

「強がりをいうな。聞くことに答えてくれるだけでいいんだ」

伊平次が抗おうと腕を動かした。瞬間、音次郎は短刀の柄に力を入れ、刃先を少しだけ皮膚に食い込ませた。伊平次の動きがやんだ。

「……な、何を聞きたい？」

「漁り火の権佐のことだ。やつの隠れ家を教えるんだ」

「そんなことを知ってどうする？」

「知りたいだけだ。いえ。おとなしく教えてくれれば、命は取らない」

「てめえ、なにもんだ？　やつに恨みでもあるのか？」

「教えろ」

「どうせこの島からは抜けられないんだ。この島にいるかぎり、おれは必ずおまえを殺す」

「意気がるな」

戸口のそばで、おはまが動いた。音次郎がにらむと、体を縮こまらせて震えた。

「おはま、人を呼んでこい。うっ……」

音次郎は伊平次の喉の薄皮を切った。じわりと血が浮かびあがった。

「おはま、行け。行くんだ」

「そ、そんなことできない。そんなことしたら、あたしらのことが知れてしまう」

音次郎は口許に余裕の笑みを浮かべた。

どうやらこの二人はただならぬ間柄のようだ。流人は妻帯できないし、島の女と通じることもできない。もし、それが露見すれば厳しい罰が待っている。流人だけでなく、関係を持った女にもだ。

「知れたっていい。村長がうまくやってくれる。こいつをぶっ殺すんだ」

「伊平次、無駄口をたたかず、権佐の隠れ家をいえ。教えてくれれば、おれはおとなしくここを出ていく。おまえはこれまでどおりこの島で静かに暮らすだけだ」

「うっ……」

音次郎は伊平次の右の耳たぶを切った。血が滴った。おはまが息を呑んだ。

「手間をかけさせるな」

今度は一寸ほど、顎の皮膚を切った。伊平次の顔色が変わるのがわかった。

「教えたってどうせ何もできやしないんだ」

「いえ」

「伊皿子坂《いさらござか》、長安寺門前の煙草屋がひとつ、雑司ヶ谷の鬼子母神そばにひとつ、もうひとつは巣鴨追分けの近くにある瓢簞《ひょうたん》という料理屋だ」

「他には……」

「知らねえ。だが、もうよそに移っているかもしれねえ。そんなことを聞いてどうするつもりだ」

「会いに行く」

「馬鹿か。おめえはどうかしてるぜ……」

あとの言葉はいわせなかった。音次郎は一気に伊平次の首を絞めた。ぐっと腕に力を入れると、伊平次の顔が充血し、ついで血の気が引いていった。その体から力が抜けると、音次郎はゆっくり放して立ちあがった。

おはまは大きな目を見開き、ぶるぶる震えていた。

「……死んではいない。じき目が覚めるから手当をしてやれ」

そのまま音次郎は表に出た。いきなり強い風が体にぶつかってきた。

三

囲炉裏の前で酒を飲んでいた升蔵は、戻ってきた音次郎を見るなり、

「どうでした。会えましたか？」

「会った」

「そりゃようございました。ま、一杯」

音次郎は升蔵の差しだすぐい呑みを受け取った。

トクトクと、音を立てて酒が注がれる。

帰ってくる途中から風が強くなり、表から笛のような音が聞こえていた。建て付けの悪い戸板がそのたびに、カタカタと乾いた音を立てた。

「それで伊平次はどうしました？」

「今ごろ眠っているか、やっと目が覚めたか……」

とたんに、升蔵の顔が強ばり、徳利を置いた。

「そりゃどういうことで……」

「用件を聞いたから眠らせたまでだ」

「それじゃ生きてるってことじゃないですか。まずいですぜ」

升蔵は唇を太い指でなぞった。

「殺す必要はない。やつはこの島からは出られないのだ。おれはこの島にずっといるわけではない。それで、舟は?」

「用意できました」

「それじゃ明日島を出ることができるな」

「……旦那」

濁った升蔵の目が緊張した光を放った。

「どんな手を使って伊平次の口を割らせたか知りませんが、やつはおとなしくしていませんよ。旦那の命を取りに来るでしょう」

「舟の用意が整ったのなら、明日島を出られるではないか」

いいや、と升蔵は首を振った。

「……海は明日、荒れるかもしれない。この風です」

「明日の出港が無理なら待つしかないだろう。やつはおれの居場所を……」

そこで音次郎は口をつぐんだ。

伊平次は今朝、自分のことを港で見たといった。そのとき升蔵がいっしょにいたのをやつは知っている。すると……。

「旦那、まさかやつにあっしのことをしゃべっちゃいないでしょうね」

「しゃべってはいないが……おまえといっしょにいたのをやつは覚えていた」

升蔵はため息をついた。

「旦那は、どこに自分の流人小屋があるか教えましたか？」

「ただ伊ヶ谷村といっただけだ。村のどこだとは教えていない」

「それならまだ救いがある」

升蔵はわずかな安堵《あんど》の吐息をついたが、すぐにその表情を厳しくした。

「やつは明日、この村に来ます。どこに流人小屋があるか、やつはよく知っている。どこにもいないとなれば、あっしを訪ねてくる。とぼけりゃいいが、果たしてそれで無事にすむかどうか……」

「やつが来る前に舟を出せばいいだろう」

「それは舟を出せればの話です」

升蔵は首を振って遠くを見た。

表を吹き渡る風が女のすすり泣きのように聞こえた。

「まあここで慌ててもしようがねえが、厄介なことになっちまった」

「おまえには迷惑はかけぬ」

升蔵はゆっくり顔をあげ、音次郎を直視した。

「旦那、もしやつが来たら、そのときこそ息の根を止めるんです。そうしてもらわなきゃ、あっしが殺されるかもしれない」

音次郎は真剣な升蔵の顔をじっと見返した。

四

翌朝、太陽は鉛色の雲に遮られていた。

ただ、海は凪《な》いでいるのか穏やかだ。風も弱い。

音次郎は家の表に立ち、升蔵と海を眺めていた。

「舟は出せるな」

升蔵は返事をせず、周囲の空を見まわし、再び海に目を凝らした。

「どうなのだ？」

「……雲の流れは遅いが、これからどう変わるかわからない。とりあえず波が穏やかなのは救いですが」

升蔵は独り言のようにつぶやき、数間先まで歩いて、また海と空を眺めた。

「……こんなときは海に出ないのが昔からの知恵です。天気が崩れるか晴れるか、それとも一日中こんな調子なのかわからないからです。ともかく飯を食いましょう」

升蔵は家のなかに戻った。音次郎もあとを追った。

「伊平次は今ごろ、この村を歩きまわっているかもしれねえ」

自在鈎《じざいかぎ》の鍋をすくいながら升蔵がつぶやく。鍋は鶏肉の雑炊だった。昨日つぶした鶏の肉を分けてもらったらしい。

「いずれここに来るだろうな……」

「来たとしてもおれがいる。おまえには指一本触れさせない」

「頼もしい言葉です」

音次郎は黙って雑炊をかき込んだ。升蔵の不安はわからなくもなかった。昨日ふいをついて自分を襲った伊平次の手強さはわかっている。おはまがあのとき現れなかったら、どうなっていたかわからない。

「ともかくやつの狙《ねら》いは旦那です。無理を承知で舟を出すしかないでしょう」

「何とかなるか」

「……海が荒れないのを祈るだけです」

升蔵は支度にかかった。

にぎり飯を作り、蒸かし芋を袋に詰め、竹の水筒五本を用意した。その他に雨避《あめよ》けの合羽《かっぱ》、銛《もり》、天蚕糸《てぐす》と鉤《はり》、手拭いと雑巾、そして音次郎の着物。着物はやはり升蔵が調達してきたものだった。

準備を整えるのに四半刻はかかっただろうか。ともかく急いで家を出た。相変わらず、空は鼠色の雲に覆われていた。

家の裏から階段状になった細い道を下って海岸に出た。そこから浜伝いに大きな入江に向かった。急に道が途切れると、ごつごつした大きな岩場になった。押し寄せる波が岩にぶつかり、飛沫をあげる。

「風が出てきた」

そういった升蔵は空を眺め、雲が流されているとつぶやいた。

音次郎も海と空を見た。さっきより、心なしか波が高くなったようだ。

「まだ先か？」

「もうすぐです」

岩場を抜け、林のなかに入り、小さな岬を横切って反対側の磯に出た。切り立った断崖があり、そこを回り込むと升蔵のいう入り江があった。

数艘の漁師舟が砂浜にあげられていた。遠くの浜で海草を採っている女の姿が見えたが、その他に人の姿はなかった。寒々しい光景である。

曇り空で舞っていた鳶《とび》が山のほうに帰っていった。波打ち際に小さな鳥が群がって、餌を探していた。打ち上げられる小魚を狙っているのだ。

「どの舟だ？」

「あれです」

升蔵が指さしたのは、長さ四間ほどの漁師舟だった。こっちに来たときの流人船に比べると、心許ない大きさである。

ともかく手にした荷物を舟のなかに放り込み、舫《もやい》を解いた。舟には檣《しょう》（帆柱）があり、帆布が巻きつけてあった。

「下田までどれぐらいかかる？」

「まずは新島です。そこに行くのが大事です」

「そこまでは？」

「風に乗れば半日もかかりません」

新島までの海路は十三里ほどだという。

升蔵が舟に乗り込み、舫綱《もやいづな》をたぐり寄せたそのとき、音次郎と升蔵は同時に、声のしたほうを振り返った。

伊平次が抜き身の大刀を振りあげ、血相変えて走ってきていた。尻端折《しりはしょ》りをし、昨夜音次郎に切られた耳に晒《さらし》を巻いていた。

「やはりここだったか。升蔵、てめえが舟を借りたのを知ってぴんと来たのよ。やい音次郎、てめえは生かしておかねえ！」

伊平次との距離はまだあった。

「升蔵、舟を出せ」

音次郎が指図するまでもなく、升蔵は棹《さお》で岸壁を押していた。すいと、舟が岸から離れた。だが、舟は船着き場の入江を出るまで岸壁沿いに進むしかない。その間にも伊平次との距離が縮まる。升蔵は一心に棹を突き立てるが、舟はなかなか進まない。追いつかれる。

そう思った音次郎は忙しく舟のなかを見まわした。武器があったはずだ。

「升蔵、銛《もり》はどこにやった？」

「その筵《むしろ》の下です」

音次郎はそばの筵を剝ぎ取り銛を手にした。


「待ちやがれ！」

銛は長さ二尺ほどの固い樫《かし》の棒の先にしっかり留めてある。その銛を手にして振り返ったとき、伊平次が岸壁を蹴って宙に躍り、大上段から刀を振り下ろしてきた。

音次郎は銛を突きだしたが、伊平次は敏捷《びんしょう》にそれを弾き、艫《とも》に飛び下りた。

「逃げられねえぜ」

伊平次は腰を落とし、両膝を軽く曲げて、刀を中途半端な青眼に構えた。音次郎も銛を構えなおして、びゅっと突きだした。

伊平次は刀でそれを払い、へへへと笑って舌舐《したな》めずりした。削げた頬にいたぶるような笑みを浮かべ、間合いを詰めてくる。

升蔵は舟を止めて舳先《へさき》に身を移していた。

「昨夜はよくも舐めたことしてくれたぜ。逃げようったってそうはさせねえ」

伊平次がびゅんと刀を振ってきた。

刀身は普通の長さだが、反りがなく、幅広である。

不安定な舟の上だが、音次郎は冷静に伊平次の攻撃をかわした。

だが、伊平次は狂ったように刀を振りまわしてくる。しかも、腰が据わっているので、太刀筋があまり乱れない。

音次郎は下がりながらかわしつづけるが、狭い舟のなかなのでうまくいかない。そのうち、檣に背中を預ける恰好になった。

音次郎がそれ以上下がれないと見た伊平次は一気に間合いを詰め、刀を袈裟懸けに振り下ろしてきた。銛を突きだしてかわそうとしたが、樫《かし》の棒に衝撃が走った。

「うむ」

音次郎は腕を痺《しび》れさせていた。今や銛はただの棒でしかない。

血走った目を吊りあげた伊平次が、腰間からすくいあげるように刀を振った。紙一重のところで身をひねりかわした。

かわされた伊平次は振り切った刀の勢いを借りて、今度は音次郎の脳天めがけ振り下ろしてきた。その瞬間、音次郎は前に飛び込みざま、樫の棒で伊平次の脛《すね》を打った。

「うぐっ……」

渾身《こんしん》の力を込めたので、膝の骨は折れずとも罅《ひび》が入ったはずだ。案の定、伊平次はうずくまるように腰を落とした。その背中に樫の棒をたたきつけた。

だが、そうはならなかった。伊平次が音次郎の足めがけて、刀を横に払ったのだ。

ひやりとした一瞬だった。飛びあがらなかったら、逆に脛を斬られていただろう。

空振りをした伊平次の体が泳いだ。その隙を見逃さず、音次郎は組みついた。伊平次が肘打《ひじう》ちを食らわしてきた。見事にその肘は、音次郎の鼻柱にあたった。骨が砕けるほどの衝撃を受け、目から火花が散り、鼻のなかに生ぬるいものがじわりと広がった。

だが、音次郎は伊平次に組みついたまま離れなかった。刀を使えないように右腕を押さえ、舟の縁《へり》にたたきつけた。伊平次は手から刀をこぼしたが、音次郎の胸に頭突きを見舞った。一瞬息が詰まり、体がのけぞった。そこへ伊平次が体重を乗せてきたので、いっしょに舟から水のなかに落ちた。

水のなかで二人の体が離れた。伊平次が首を絞めようと手を伸ばしてきた。音次郎はそれを払い、足で伊平次の胸を蹴って水を掻いて水面に出て大きく息を吸った。が、いきなり足首を引っ張られ、水のなかに引き戻された。抗《あらが》うのをやめ、海の底に頭を向ける恰好で伊平次の背後に回り込んだ。伊平次はそうさせまいと体をひねるが、息が苦しくなったらしく水面に向かおうとした。

音次郎は背後から腰に抱きつき、腕を取ろうとしたが届かなかった。だがそのとき、伊平次の帯に挟まれた短刀に触れた。素早く抜き取り、脾臓《ひぞう》のあたりを突き刺した。

ごぼごぼと気泡が立ち、それに血が混ざった。息のできない伊平次の赤い目が水を通してにらんできた。音次郎は抜いた短刀をもう一度、背中に突き刺した。

脊髄《せきずい》を刺したらしく、伊平次の体がのけぞり、びくびく震えた。

息もできず声を出すこともできない伊平次の体から力が抜けていくのがわかった。

苦しくなった音次郎は、急いで水面をめざした。

五

勢いよく水面に飛びだすと、舟上の升蔵が刀を振り下ろそうとしていた。

「なんだ、旦那か……」

あがってきたのが音次郎だと気づいた升蔵は、ほっと胸をなで下ろすように刀を下げた。伊平次が持っていた刀だ。

音次郎は升蔵の手を借りて舟のなかに転がり込むなり、大きく喘《あえ》ぎながら咽《む》せた。

「舟を出すんだ」

「へ、へえ。今すぐに……」

升蔵が舟を漕ぎはじめた。音次郎は息を整えながら、後ろを振り返った。伊平次の死体が漂っていた。近くの浜で海草を採っている女がいたが、騒ぎには気づかなかったらしく、音次郎の乗った舟をちらりと見ただけで、興味なさそうに仕事に戻った。

空は晴れる気配はなかった。どんよりした厚い雲がたれ込めているだけだ。ただ、西の空にわずかな雲の割れ目があり、そこに明るい光が見えた。

「晴れるのか……」

音次郎が西の空を見ながらいったが、升蔵はわからないと首を振る。

「天気ってやつは気紛れだから……」

港を出ると升蔵が帆を張った。風はさして吹いていないように思われたが、張られた帆は大きくふくらみ、舟に加速をつけた。舳先が波を切り、白い航跡を作った。

「旦那、着替えたがいいですぜ。そのままじゃ風邪をひいちまう」

いわれる前にそうしようと思っていたところだった。四人用のお仕着せを脱ぎすて、新しい着物に着替えた。

沖に出ると、波が大きくうねるようになった。小舟はその波を乗り越えて北西方向に進んでいた。

いつ崩れるかわからない不気味な空は、小康状態を保ったままだった。三宅島を発ってから二刻ほどして、二人はにぎり飯と水を腹のなかに収めた。

「何も見えないが、進路を間違ってるんじゃないだろうな」

「旦那、あっしは子供のころから舟を操っているんです」

升蔵の自信ありげな顔を見ると、音次郎は何もいえなくなった。だが、周囲の海は暗く、波はさっきより高くなっている。波頭が白い牙のように見えてもきた。

「……まずいな」

舵《かじ》を取っていた升蔵が、苦虫を嚙みつぶしたような顔で空を見あげた。にぎり飯を食ってからまだ一刻もたっていないころだ。

「どうした?」

「風が出てきます。ご覧ください、空を。……雲の流れが速くなっているでしょう。波が高くなる徴《しるし》です」

「どうする?」

「どうもこうもありません。ここまで来たからには突き進むだけです」

「新島まであとどれくらいだ?」

「三里か四里といったところでしょう」

音次郎は舳先のずっと先の海を見た。

高くうねる波があるだけで、島の影さえ見えない。

小半刻もすると、舟は大きな波に翻弄《ほんろう》された。それでも升蔵は器用に舟を操る。何もできない音次郎は、梁にしがみついたまま自分の運命を升蔵とこの小舟に託すだけだ。

海は徐々に荒れてきた。舟は波に乗りあげると、今度は真っ逆さまに落ちるように下った。そのまま水面に突き刺さるのではないかと思うほどで、音次郎はその恐怖に耐えなければならなかった。

波飛沫《なみしぶき》が舟のなかに遠慮なく入り込んできた。升蔵が水を汲みだせというので、音次郎は必死になって手桶を使ってかきだした。

風をはらんでふくらんだ帆は、ぱたぱたと音を立てた。升蔵は檣の上に渡された横桁の手綱をきつく締めなおし、筈緒《はずお》と呼ばれる檣を維持する索を点検し、それから舵を取るのに専念した。

音次郎は波に翻弄される舟にしがみついているか、水を汲みだすだけである。二人ともすでに潮水を被っており、濡れ鼠であった。

「旦那、もうすぐだ。島が見えた」

教えられた音次郎は、舟底に這いつくばったまま前方を見た。

黒い島影が見えた。

「ひどい目にあっちまいましたが、風が強くなった分舟が速く進んでくれたんです」

「島まで持つだろうな」

「持たせてみせますよ」

そのとき、舟はまた大きな波に乗りあげ、いやというほど水を被った。それでも舟は沈みはしなかった。悲鳴をあげるように軋《きし》みながらも、前方の島へ着実に進んでいった。

六

升蔵の舟は羽伏浦《はぶしうら》という浜の北にある小さな港に着いた。

ほうほうの体《てい》ではあったが、二人とも無事に辿《たど》り着けたことに胸をなで下ろさずにはいられなかった。

「旦那、あとは天気を待って下田に帰るだけですが、あっしはこの島でお役御免させてもらいます。晴れたら島の反対側にある前浜まで送ってゆきますので、そこで下田に行く舟を探してやります」

「かたじけない」

その夜は、升蔵が懇意にしている老夫婦の家に泊めてもらった。

荒れていた海がおとなしくなったのは、二日後のことである。

天気が回復すると羽伏浦という海岸は、目が覚めるような白い砂浜だというのがわかった。静かに寄せて返す波、心地よい潮騒、空を舞う鷗《かもめ》たちの鳴き声……。きらめく海のずっと先に、三宅島がぼんやりかすんでいた。

音次郎はすがすがしい空気を胸いっぱい吸いながら、生きているということを実感していた。

「それじゃ旦那、前浜まで送ります」

舟の手入れを終えた升蔵が船着き場から声をかけてきた。

音次郎は世話になった老夫婦に礼をいい、心付けを渡して舟に乗り込んだ。

前浜に着くと、升蔵が下田に帰るという荷船を探してくれた。

「下田まで十里余りです。海はこのとおり穏やかですから、日の暮れ前までにはつけるでしょう」

「すまぬな。おまえにはいろいろ世話になって礼のいいようがない」

「とんでもございません。旦那のお陰であっしはしばらく楽ができますんで……」

ぐすっと洟《はな》をすすった升蔵は、日に焼けた顔にたくさんのしわを作って微笑《ほほえ》んだ。

「それじゃ、お気をつけて。またこっちに来るときには、あっしに声をかけてください」

「その折には必ず……」

「それじゃお達者で」

前浜の港で升蔵と別れた音次郎は、再び舟の上の人になった。


それから三日後――。

音次郎は下田から海沿いの道を辿り、小田原から東海道に入って保土ヶ谷の宿まで来ていた。

旅籠《はたご》に入ったのは夕暮れ前だった。急がずとも明日には江戸につける。そんな思いを胸に、宿の飯を食い、酒を飲んだ。

江戸に帰ることに心弾むものがある。生まれ育った土地ということもあるが、心の隅にはいつもおきぬのことがあった。好いた惚《ほ》れたの仲ではないが、どうしても気になるのだ。これまで不幸を背負って生きてきたような女である。

どうしてそう気になるのか、音次郎は今度の長旅でうすうす感じていた。

「守ってやりたいのだ」

という感情が芽生えているせいである。

「おれも……」

漏らしたつぶやきを途中で呑み込んだ音次郎は、盃のなかの酒を眺めた。燭台の明かりを受けた酒は薄紅色に見えた。

江戸に帰って伊平次のことを伝えたら、新たに漁り火の権佐捜しを命じられるだろう。それは授かった役目だから当然全うする所存であるが、妻と子を殺した下手人のことも気になっていた。

吉蔵はどこまで探ってくれているだろうか。そのことも早く知りたかった。

「……ともかく明日は江戸だ」

つぶやいた音次郎は、ぐいっと酒をほした。

七

庭先で蕾《つぼみ》の開いた梅の枝を手折《たお》ったおきぬは、人の気配に後ろをさっと振り返った。無表情な顔で吉蔵が立っていた。ちらりとおきぬを見て視線を外すと、開け放しの戸口に目を向けた。

吉蔵は日に二度か三度こうやって家にやってきては黙って帰って行く。だが、今朝は違った。

「まだ、旦那は帰ってきていないようだな」

「……ええ」

おきぬは縁側に歩いてゆき、梅の枝を置いた。どこかで鶯《うぐいす》の声がしている。

「あの、ほんとに旦那さんは帰ってこられるんでしょうか……」

三日前、おきぬは不吉な夢を見、翌朝落として割った茶碗で指を切った。そのとき以来、もしや音次郎の身に何かあったのではないかと不安になっていた。

「旦那には帰ってきてもらわなきゃ困る」

吉蔵は縁側に腰をおろし、晴れた空を眺めた。

「遠いところに行かれたのですね」

おきぬは音次郎の役目を聞いていなかった。

「そうだな……」

「……危ないお役目なんですね」

吉蔵は何もいわなかった。

「もし、もし旦那さんが帰ってこなかったら、わたしはどうなるのでしょうか?」

吉蔵の顔がゆっくりおきぬに向けられた。

「旦那のことだ、きっと帰ってくる」

「そうだといいのですが……でも、もしものときには……」

「おきぬ、心配するのは取り越し苦労だ。旦那が帰ってこなくても、おまえにはつぎの役目が待っているはずだ」

「つぎの……」

「まあ、おれにはよくわからねえが、そうなるはずだ」

「いったいどんなことでしょう」

「それもおれにはわからねえことよ。だが、これだけはいっておく」

「……なんでしょう?」

「おまえは二度と牢には戻されないってことだ」

おきぬは黙り込んでうつむいた。すると、吉蔵が立ちあがった。

「おれも旦那の役目が何日かかるのかよくわからないんだ。ただ、遠い島だというのはわかっているが……」

はっとおきぬは顔をあげた。吉蔵は背中を見せていた。

「おれが教えられるのはそれだけだ。おまえは旦那の世話をするのが務めだ。ともかく今は待つしかない。それじゃ、また来る」

吉蔵はそのまま庭を出ていった。

おきぬはそこに置き去りにされたように、しばらく立っていた。それから、音次郎が先日この庭を出て行ったときのことを思いだした。

あのとき、音次郎はこういった。

「おきぬ、おれはおまえに会いに帰ってくる」

しっかりと自分の目を見て、

「必ず帰ってくる」

と言葉も足した。

帰ってきてほしかった。おきぬはそう願いつづけていた。ずっと裏切られてきた人生だが、音次郎だけは違うような気がする。本当に信じられる男のような気がする。思い過ごしかもしれないが、おきぬには説明のつかない確信があった。

音次郎がいなくなってから、ずっと独り暮らしをしているが、何も不自由することがなかった。真の自由を生まれて初めて手に入れたという思いがあった。

どこかで見張られているという気味の悪いものはあるが、音次郎を待つために掃除や洗濯や庭いじりをするのは楽しかった。いちいち指図される奉公人時代とは違う、気ままさがあった。これまでの苦労が、今やっと報われているのかもしれない、お天道様はちゃんと公平に見てくださっているのだと感じもした。

その日も、おきぬはいつものように洗濯をし、庭や家の手入れをして過ごした。炉の切ってある居間に、納屋で見つけた小さな壺《つぼ》を置き、花を生けた。今日は庭で手折った梅を、その壺に入れて飾った。

ともかく自分でも信じられないほど安寧な暮らしだった。

太陽が傾き、影が長くなると、表の道に出て音次郎が帰ってきやしないかと待った。ここ数日、そんなことを繰り返している。

近所の百姓に会うこともあるが、余り付近のものと口を利くなと吉蔵にいわれているので、ただ黙って会釈をするのみだ。相手も愛想の悪い女だと思うのか、声をかけてこなくなった。もしや口の利けない女と思われているかもしれない。

暮れはじめた空を寺の鐘が渡っていった。

おきぬは、今日も旦那さんは帰ってこないのかと、胸の内でつぶやき家に帰った。

ひとりだから食事は質素だった。朝炊いた飯を昼と夜に分けて食べるのが日課だ。おかずはあり合わせですますことがほとんどだが、ただ単に根深汁（葱《ねぎ》のみそ汁）だけですますこともあった。贅沢《ぜいたく》が身についていないので、それで十分だった。

冷えた飯をよそいながら、音次郎が本を欲したことを思いだし、明日は本を探しに行こうかと思った。

もし、音次郎が帰ってきたら、字を習おうかと頭の隅で考えもした。居間に飯を盛った茶碗と沢庵と昼の残りのみそ汁を運び、鉄瓶の湯を沸かすために炉の薪を足した。よく乾いた薪がぱちぱちっと爆《は》ぜ、炎をあげた。そのとき、おきぬは人の声を聞いた気がした。煙にしみた目で戸口を見たが、戸は閉まったままだ。

だが、箸を取ったとき、また声がした。

「帰ってまいった」

おきぬは、はっと顔を強《こわ》ばらせ、すぐに頬をゆるめて立ちあがった。

「旦那さんですね！」

声はいつになく跳ねあがっていた。

下駄を履くのももどかしく土間に下り立ったとき、引き戸ががらりと開いた。逞《たくま》しい音次郎の姿が行灯の明かりに浮かびあがった。その目が、じっとおきぬを見つめ、ふっと口許がゆるんだ。

「帰ってきたぞ」

「はい、お待ちしておりました。お帰りなさいませ」

おきぬは子犬のように音次郎に駆け寄った。

第五章　用心棒

一

トントントンと、小気味よい音が聞こえていた。

音次郎はそれで目を覚ました。雨戸の隙間から光の筋が寝間に射し込んでいた。着替えをして居間に行くと、台所に立っていたおきぬが振り返り、明るい笑顔を見せた。

「おはようございます。もう少しお休みになってればよいのに」

「十分に休んだ。それにすっかり日が昇っている」

台所にも居間にもまばゆい朝日が射し込んでいた。竈《かまど》の上の鍋《なべ》がぐつぐつ煮えた音を立て、囲炉裏の五徳に置かれた鉄瓶が、しゅんしゅんと鳴っていた。

「顔を洗ってこよう」

「ご飯の支度すぐできますので……」

おきぬは楽しげであった。

音次郎は清涼な湧き水で顔を洗い、髭《ひげ》と月代《さかやき》をあたりながら、朝から生き生きしたおきぬを見ると気分がよいと思った。

朝餉《あさげ》の膳には炊きたての飯と鯵《あじ》の塩焼き、梅干しに大根と瓜《うり》の漬物、そして蜆《しじみ》のみそ汁。

どれもこれもうまかった。おきぬは食欲のある音次郎を、にこやかに眺めていた。

「おいしいですか？」

と、聞く顔にも笑みが浮かんでいる。

「申し分ない。おきぬは料理がうまいので嬉しいかぎりだ。この蜆は、今朝買ってきたのか？」

「ええ、旅所橋のそばにいつも蜆売りが来るんです。いつか、買ってみようと思っていたのですけど、旦那さんが無事に帰ってみえたので、初めて求めました。業平《なりひら》の蜆だから味は極上だと蜆売りがいっておりました」

「なるほど、業平蜆か……」

音次郎はみそ汁を平らげた。

「おれが留守の間、何をしていた?」

「掃除に洗濯に庭いじり。暇ができると、近くに行って花を摘んだりしておりました。この梅はこの家の庭のものですけれど」

　壺に梅の枝が投げ入れてあった。

　おきぬは饒舌《じょうぜつ》だった。何も聞かなくとも、近所で見たこと聞いたことを話した。夜はひとりなので怖いと思ったこともあったが、それも次第に慣れたといい、吉蔵が日に二度か三度やってくると付け足した。

「普段と変わらないというわけだ」

「……そうですね」

「……この暮らしを気に入ったようだな」

「どうかわかりませんが、いやではありません。それに……」

　おきぬはうつむいて手をもじもじさせ、それから茶を淹《い》れにかかった。

「それになんだ?」

「はい、お茶です。……旦那さんが、ちゃんと帰ってきてくれたから、何だか嬉しくて」

　そういったとたん、おきぬは首筋から耳たぶまで赤くした。

「……おれも、帰ってこられて、ほっとしている。もしや、おきぬがいなくなっているのではないかと思ったりもしたのだ」

「まあ、そんなことを……」

おきぬは目と口を大きくした。音次郎は照れくささを隠すために言葉を足した。

「吉蔵に会わなければならないが、やつはいつごろやってくる？」

「朝と夕方には必ずみえます。……もう、そろそろだと思うのですけど……」

おきぬは首を伸ばして戸口のほうを見た。

噂をすれば何とやらで、それから間もなくして吉蔵が現れた。音次郎とおきぬは思わず、顔を見合わせて首をすくめた。

些細《ささい》なことではあるが、こんなときに音次郎はおきぬに対して親近の度合いを強める。だが、図に乗ってはならないと自分を戒めもする。

日当たりのよい縁側に吉蔵をいざなうと、茶を持ってきたおきぬに席を外させた。

「無事で何よりでした」

吉蔵は蝦蟇《がま》のように剝かれた目をわずかに伏せてそういった。

「戻ってこなければ役目は務まらぬだろう」

「さようでありますが、あっしは八丈島への往き来は並大抵ではないと耳にしておりましたので、骸《むくろ》の伊平次に会えたとしても舟が大丈夫だろうかと心配しておりました」

「おまえが心配していたとは思わなかった」

「そんな……」

吉蔵は顔をしかめて茶に口をつけた。

「悪気でいったのではない。おれもじつは、八丈島に向かう途中で不安になったのだ。果たしてこの役目には何月かかるのだろうかと……だが、手引き役の升蔵という船頭がよく働いてくれて助かった。流人船のなかで、八丈島に渡るのに短くても三月は待つと聞いたからな」

「そんなに……」

「長ければ半年待たされるということだった。だが、伊平次は三宅島に移っていた。それがさいわいしたのだ。なんでも村長《むらおさ》の口利きがあってそうなっていたらしいのだが……」

「それで漁り火の権佐のことは……」

「うむ。手こずりはしたが、伊平次の口を割ることができた」

音次郎は伊平次から聞いた権佐の隠れ家のことを口にした。

「旦那、お手柄です。早速このことを伝えまして、また来ます」

音次郎は、ろくに茶も飲まず腰をあげようとした吉蔵を慌てて引き止めた。

「ちょっと待て。おまえに頼んだ例のことはどうなっている？」

「あ、いけねえ」

吉蔵は自分の頭の後ろをぴしゃりとたたいて座りなおした。

「それとなく探りを入れておりますが、はっきりしたことは何もわかっておりません。調べにあたった町方の連中にも、囚獄が裏から手をまわして聞いたようですが、下手人のことはさっぱりで……」

「手がかりも何もないというのか」

音次郎は表情を険しくした。

「単に賊に襲われたのではないはずなのだがな……」

「旦那、もう少し待ってもらえますか。あっしなりに調べていることがあるんです。こういったことは手間がかかるんじゃないでしょうか」

「……そうかもしれぬ」

音次郎は梅の木でさえずっている目白を眺めた。妻子を殺した下手人のことは、絶対にあきらめるわけにはいかない。

「それじゃまた来ますんで……」

殺された妻子のことを考えていると、今度こそ吉蔵は腰をあげ庭を出ていった。

その姿が見えなくなってから、音次郎はぽつりとつぶやいた。

「……何とかわからぬものか」

二

吉蔵が再びやってきたのは、留守中におきぬが洗い張りをしていた着物を出したときだった。江戸を発つ前に吉蔵に預けたあの着物である。

戸口に顔をのぞかせた吉蔵は、

「旦那、今夜体を空けてください。案内するところがありますので……」

「どこへ行く？」

「七つ半（午後五時）にもう一度迎えに来ます」

吉蔵は答えになっていないことをいってまた引き返していった。

「あやつも忙しい男だ」

「……旦那さん、今夜は外で食事はすまされるのですね」

着物を広げていたおきぬが、音次郎を見あげていった。

「そうなるのだろうな」

「それじゃこの着物をお召しになりますか？」

「そうだな、せっかくだから着てまいろうか」

おきぬはふっと、嬉しそうな笑みを口の端に浮かべた。

音次郎は約束どおり七つ半前に迎えにやってきた吉蔵の案内を受けて、ぱりっと糊の利いた着物に大小を差し、例によって深編笠を被って家を出た。

夕暮れの道を歩きながら、日が少し長くなっているのを感じた。また陽気もだんだんよくなってきている。

「誰に会うのだ？」

音次郎は竪川沿いの道を大川に向かって歩きながら聞いた。

「……囚獄です」

音次郎は石出帯刀《いしでたてわき》の顔を瞼の裏に浮かべた。

吉蔵は大橋を渡り、両国広小路を抜け、柳橋のこぢんまりした料理屋に案内した。見るからに小粋な店である。表玄関ではなく、脇の小道をまわりこんだ裏口から奥座敷に通された。

すでに酒肴《しゅこう》の準備はできていたが、囚獄・石出帯刀の姿はなかった。ともかく、音次郎はそこで待つことになった。燭台が部屋の左右に置かれ、さらに行灯《あんどん》も点してある。

障子の向こうから風情のある鹿《しし》おどしの音が聞こえてきた。

音次郎は心を落ち着けて待った。

やがて、障子に人の影が大きく映り、すうっと開いた。

「待たせたな」

帯刀であった。

地味な棒縞の着物に柿渋《かきしぶ》の羽織姿である。ただし、羽織に紋はついていなかった。

「いえ、さほどではありません」

音次郎はひれ伏したまま答えた。

「固くならずともよい。楽にしろ楽に……」

帯刀は膝を崩して座ると、すうっと視線を向けてきた。色白で決して強面ではないが、帯刀には相手を包み込みながら威圧する得もいえぬ妖気《ようき》が漂っている。

「まずは長旅の労をねぎらおう。吉蔵よりあらましは聞いているが、話はまず酒を飲んでからだ」

音次郎は酌を受けた。

「恐縮です」

「八丈島に渡る手間が省けたそうだな」

「運良く、伊平次は三宅島に移されておりまして、そこで会うことができました」

「源三郎という村長の口利きがあってのことだったらしいな。まあ、伊平次もうまく立ち回ったものだ。それで、伊平次はいかがした？」

音次郎は三宅島に渡ってからの一部始終をつまびらかにした。決して長い話ではなかったが、帯刀は酒を飲みながら真剣な顔で聞き入っていた。

「なるほど、よくわかった。それに、おぬしが思ったより早く帰ってきてくれたのが嬉しい」

「もし、伊平次が三宅島にいなかったら、御奉行はまだ先まで待たれるおつもりだったのでしょうか？」

「まあ、そうだな。もう少し待つことになるとは思っていたが、手引きのものが流人船を使わなくとも八丈島への往復をする手はずになっていた。こういったことには無駄な手間はかけたくないというのが正直なところだ。いずれにしろ、漁り火の権佐の隠れ家についてはすでに探りを入れるよう指図してある」

帯刀はすでに手配りを終えているようだ。

「そうしますと、わたしの役目は……」

「無論、ここまでではないぞ」

きらりと目を光らせた帯刀は、音次郎の言葉を遮ってつづけた。

「おぬしは権佐を捜しださなければならぬ。それがおぬしの役目だ。それにひとつ申しておく」

「は……」

「伊平次に再度襲われたのは、おぬしの甘さだ」

「……………」

「この役目にいらぬ情は禁物。非情になれ」

帯刀の目が、音次郎を射るように見た。

「……肝に銘じておきます」

「よく心得ておくのだ」

厳しかった帯刀の表情がにわかにゆるんだ。さあ、やれと料理を勧める。

「しつこいようですが、いくつかお訊ねしたいことがあります」

音次郎は料理に箸をつけてから切りだした。

「答えられることには答えよう。申せ」

「このたびの探索には、町奉行所や火盗改めも関わっているようですが、わたくし以外にも動いているものがいるのでしょうか?」

「いいや、おらぬ。おぬしだけだ。人手をかければよいというものでもないし、また人が多ければ、そこで支障を来すこともある。おまけに、町奉行所も火盗改めも猫の手も借りたいという有様だ。無用に人を割けぬというのが本音だろう」

「それにしても何故わたしにこのような役目を……腕の立つものなら他にいるはずです」

「この前も同じことを申したな。……たしかにおぬしより腕の立つものはおろう。しかし、そういうものにかぎって我が強い。欲もある。賢いものもおろうが、なかなか眼鏡に適うものはいない。その点、おぬしは勤勉であるし、何より忠義に厚い。わしはその点を買っておるのだ」

「いささか買い被られているような気がいたしますが……」

「なあに、わしの目に狂いはないさ」

初めて帯刀の目許に、人間的やさしみの笑みが浮かんだ。

「それからわたしの世話役としておきぬという女がおります」

「気に入らぬか」

「いえ、そういうわけではありませんが……」

「なら世話をさせておけ。あれは悪い女ではない」

帯刀は薄く笑った。それ以上その問いかけには答えないという無言の意思も感じた。

ただ、「悪い女ではない」という言葉には、いくつかの意味がある。音次郎は果たしてどの意味だろうかと疑問に思ったが、深く考えることはよした。

「最後にもうひとつお訊ねします。わたしの妻と子を殺した下手人のことですが、今もって手がかりがないと聞いております。それは……」

帯刀は片手をあげて、音次郎を制した。

「おぬしの大事な家族のことだ。気になるのは重々わかっておる。だが、町奉行所の探索は打ち切られた」

「……打ち切られた」

音次郎は愕然《がくぜん》となった。

「手がかりをつかめぬ事件にいつまでも関わっておれないのだ。知っているとは思うが、町奉行所の探索方は、南北奉行所を合わせても三十人に満たぬ。その数で日々続発する殺しや火付け、あるいは盗みのものらを取り締まるのだ」

「……………」

音次郎は声もなくがっくり肩を落とした。

「おぬしの心情はよくわかっておるつもりだ。此度《こたび》の役目を果たしたそのあかつきには、そのほうで動いてもかまわぬ。またわしもそれなりに手を打ってはおるのだが、期待に添える返事をもらえぬのが正直なところだ。ただし、自分で動くとしても過去に関わったものらには、決して接触してはならぬ。おぬしは一度死んだ男なのだ」

音次郎は黙って帯刀を見返した。

「……よいな」

「承知いたしました」

「漁り火の権佐については明日の朝まで、いくつかのことがわかるはずだ。その旨は吉蔵に伝え、おぬしのほうに遣わすことにする」

三

中山道の走る巣鴨追分けそばに枡形横町《ますがたよこちょう》という町屋がある。現在のJR巣鴨駅のすぐそば巣鴨一丁目あたりだ。

中山道からこの枡形横町に入ったすぐのところに、瓢簞《ひょうたん》というこていな料理屋があった。音次郎が三宅島で聞きだした、漁り火の権佐の隠れ家のひとつだ。

その権佐の手下を若いころから務めている竹松《たけまつ》という男がいた。当年とって二十六だから、いっぱしの大人であるが、女癖が悪くなかなか身を固められないでいる。

その夜、竹松が枡形横町に来たのも、女に会うからであった。入ったのは瓢簞ではなく、すぐそばの蒟蒻屋《こんにゃくや》という小料理屋だった。店名どおり蒟蒻料理が有名で、土地のものにもそこそこ人気のある店だった。

竹松は暮れ六つ（午後六時）に店に入り、六畳ほどの入れ込みに腰をおろして、酒をちびちびやっていた。窓際の隅で、ときどき通りを眺めるのは、一年ほど前から懇《ねんご》ろになったお千代《ちよ》が早くやって来ないかと気が気でないからだ。

お千代は芸者くずれで、竹松より三つばかり年上の女だった。今は武家客でにぎわっている巣鴨原町の貸座敷屋で仲居をしていた。今日はその仕事が暮れ六つには終わるというから、逢い引きをしようという約束だった。

外はすでにとっぷり暮れており、提灯や行灯の明かりが鮮やかに浮かびあがっている。酒を舐めるように飲みながらお千代を待つ竹松は、これから二人でしっぽり仲良くやれるのだと期待に胸を弾ませ、顔をにやけさせていた。

何しろお千代の床上手にはあきれるほど感心するのだ。男の感じるところを知り尽くしているのか、その妙技たるや想像しただけで興奮してくる。

それに、お千代の白い肌は餅のようにやわらかであるし、肉置《ししお》きのよいむっちりした乳と尻は手触りがよく、他の女には比べられないものがある。

竹松の顔はさっきから締まりをなくしている。

「よし、今夜はおれがたっぷりねぶりつくし、そしていやってほど……ふふ……」

心中でつぶやく竹松は、早くお千代が来ないかと待ち遠しくてしようがない。

一合を飲み終えるころには、客が増えており、客間の六割方が埋まり、だんだんにぎやかになってきた。仕事帰りの職人がいれば、浪人ふうの男もいる。独り酒を楽しむもの、仲間と埒《らち》もない話に興じて笑いあうものそれぞれだ。

そろそろやってきてもよさそうだがと表を見ても姿が見えない。

竹松は店の女に酒を追加した。酒はすぐに届けられ、女は下がっていったが、それをすぐそばの男が呼び止めた。

「お酒ですか？」

女は男を振り返って、黒子《ほくろ》のある口許に愛嬌《あいきょう》を浮かべた。

「いやそうじゃねえ、すぐそばの瓢箪って店なんだが、亭主が代わったのかい？」

瓢箪の名が出たので、竹松は思わず男を見た。

棒手振《ぼてふり》の恰好をした三十半ばの男だった。

「よくは知りませんけど、そうみたいですね」

「すると、前の亭主はどこに行ったんだろう？　知らないか？」

「さあ、わたしに聞かれても……」

「それじゃ前の亭主の名は知っているだろうな」

「留造《とめぞう》さんですよ」

「……留造。そりゃおかしいな。たしかにそんな名前だったかい？」

「はい、そうですけど」

女はひょいと肩をすくめて板場に下がっていった。

竹松は男を盗み見ていた。

なぜ、瓢箪のことを聞きやがるんだ。こいつ何ものだ？　盗賊の一味としての警戒心が竹松のなかに生まれた。

瓢箪は昨年の暮れに頭の権佐が用心のために手放していた。もっとも、店は権佐が手下の留造にやらせていただけで、本人は店に出ることはなかったが、すぐそばにいる男は権佐のことを探っているような様子だ。

こいつ町方の息のかかった野郎だな。竹松は直感でそう思った。そうなると放ってはおけない。常々、漁り火の権佐は、降りかかってくる火の粉はどんなに小さくても払っておけといっている。こいつもその火の粉かもしれない。

竹松はお千代のことを忘れたわけではないが、盗賊一味の防御本能を働かせていた。

男はそれからしばらくして勘定をした。

竹松は舌打ちをした。

ちょうどお千代が暖簾《のれん》をくぐって、弾けるような笑顔を見せたからだ。

「遅くなってごめんよ」

「お千代、悪いがこれで飲んでいてくれ」

竹松は気前よく財布をお千代の胸元に差し入れた。

「いったいどうしたのさ……」

「すぐ戻ってくるつもりだが、半刻ほどして戻らなかったら先に家に帰っていな。あとで行くから。とにかくそういうことだ」

土間に下りて草履を突っかけたときには、件《くだん》の男は店の外に消えていた。竹松は暖簾を払いあげて通りを眺めた。さっきの男が、瓢簞の隣の店に入っていくのが見えた。

竹松は同じ店に、目立たないように入ると、男のそばに背中を向けて腰をおろした。

店の女将《おかみ》が注文を取りに来たので、酒だけを頼む。その女将が去ろうとしたとき、

「ちょいと女将」

と、背後の男が呼び止め、

「隣に瓢簞という店があるな」

「はあ、ございますが……」

「そこの主のことなんだがな、いや、今は主が代わっているらしいが、前の亭主の名は何といった？」

「留造さんですか」

「……ほんとにそんな名だったかい？」

「そうですけど。何か？」

男は何かを考えている様子だった。竹松は猪口についだ酒をじっと見ていた。

「ひょっとして権佐っていわなかったか？　いや、そうじゃなくてもその名に聞き覚えはないかい？」

竹松はもう確信した。この男は頭《かしら》のことを探っているのだ。

「さあ、そんな名には……」

「妙なやつらが出入りしていたようなことはなかったか？」

「さあ、そんな人は……あ、はーい、すぐに」

女将は他の客に呼ばれて、そっちに行ってしまった。

男は思案をめぐらしているふうで、間もなく席を立って店を出ていった。

竹松も追うように店を出た。すでに宵闇は濃くなっており、呼び込みや酔客の姿があるぐらいで人通りは少ない。

竹松の追う男は店を出ると、駒込のほうに足を向けた。

紺股引きに袷《あわせ》の着物、町人髷……。岡っ引きかもしれないと思ったが、十手を持っているようには見えない。やはり、種（情報）拾いの下っ引きだろう。

竹松は男の背中を見ながら町方の手先か、それとも火盗改めの手先かと考えたが、どっちも同じことだった。権佐を探っている男を見過ごすわけにはいかない。

町屋が切れると、しばらく武家地がつづく。右に広大な播磨《はりま》姫路藩下屋敷《しもやしき》の練塀がつづき、左がのちに調練場《ちょうれんば》となる防火用の空き地である。一部はごみ捨て場になっているが、あとは草ぼうぼうの野っ原で、ところどころに栗や椎《しい》や欅《けやき》の大木がある。

竹松は懐に呑んでいる匕首《あいくち》を握りしめ、足音を殺して男との間合いを詰めた。空き地を風が吹き渡ってゆき、犬の遠吠えがしていた。男が気配に気づいて振り返った。

星明かりを受けたその顔がわずかに緊張したが、とくに警戒する様子もない。竹松は気さくな声をかけた。

「晩になると冷えるねえ」

男は返事をしなかったが、竹松は手の届くところまで追いついていた。

相手が背を向け、急ぎ足になったとき、竹松は後ろ襟をつかむなり、その喉首《のどくび》に匕首の刃をあてがった。

「ちょいとそっちに入りやがれ」

竹松は空き地のほうに男を引きずるように連れて行った。

「……な、なにしやがる」

男は声を震わせた。

「てめえ、誰の差し金だ。町方かそれとも火盗改めか……」

前を振り向かせて、にらんでやった。喉に匕首の刃をあてがわれている男は歯をガチガチいわせた。

「いえ、漁り火の権佐のことを探ってやがったな。誰に頼まれてのことだ？」

「そ、それは……」

「いうんだ」

「町方か？」

男は首を横に振った。

「それじゃ火盗改めってことだな」

怯えた男の目が、忙しく左右に動いた。

「いわねえと、このまま喉をかっ切るだけだ」

「……いえば、命は……た、た、助けてくれますか」

「正直にいえばだ」

「こ、小伝馬町の牢の……同心の旦那です」

竹松は片眉を上下に動かした。

「牢屋の同心だと……そいつの名は？」

「ほ、ほんとに殺さないでくださいよ」

「いえ」

「あ、青山さんという人です」

「……青山」

復唱した竹松は、そのまま紐でも切るように匕首を持つ手を右に動かした。

「うぐっ……」

男はごぼごぼと血の溢《あふ》れ出る喉を押さえながら、膝から崩れるようにうずくまった。

竹松は周囲に目を走らせ、誰にも見られていなかったことをたしかめると、すぐにでも頭の権佐に知らせに行かなければならないと思った。

四

「旦那さん、今日は本を買いに行ってまいりますよ」

音次郎が昼食をすまし、日当たりのよい縁側で吉蔵を待っていると、おきぬが前掛けで手を拭きながらそばにやってきた。

「それはありがたい」

音次郎はおきぬの持ってきた湯呑みに手をつけた。茶柱が一本立っていた。

「何かご所望のものがあれば探しますけれど……」

「なんでもよい。おまえの気づいたものでいい」

「あの……」

「なんだ？」

「わたし、字がわからないんです。もし旦那さんに教わることができたらいいなと……」

音次郎は口許にやわらかな笑みを浮かべた。

「読み書きぐらい雑作もない。暇ができたときに教えて進ぜよう」

下を向いていたおきぬは嬉しそうに顔をあげ、

「どうかよろしくお願いします」

そういって台所に戻って行ったが、途中でまた振り返って「よかった」と、胸の前で小さく手を打ち合わせ可愛く笑った。

音次郎が三宅島から帰ってきてから、おきぬに変化があった。初めて会ったときの堅さや暗さが徐々に薄れているのだ。声の調子も明るくなったし、この暮らしを気に入っているようでもある。

吉蔵がやってきたのは、日が大分高くなった昼四つ（午前十時）過ぎだった。

「遅かったが、何かあったのか？」

「へえ、まあ詳しい話は歩きながらでも」

すでに支度を終えていた音次郎は、おきぬから深編笠を受け取ったが、そのときになって彼女の顔が曇った。

「どうか気をつけて行ってきてください」

その声も沈んでいた。

「うむ、今日はそう遅くならないはずだ」

他に何かいいたいこともあったのだが、言葉が出なかった。

吉蔵は感情を殺した強面の顔で歩く。町屋の通りに出ると、自然町のものは吉蔵を避けるように脇にどいたりする。

「手先が殺されまして……」

吉蔵が口を開いたのは、旅所橋を渡ってからだった。

「手先というのは？」

「旦那が伊平次から聞きだした、漁り火の権佐の隠れ家を探っていたものです。誰に殺《や》られたか、それはわかりませんが……おそらくドジをこいたんでしょう」

「場所は？」

「巣鴨と駒込の間に大きな火避け地があります。ただの野原に過ぎませんが、そこで喉を掻き切られていたそうです」

「巣鴨といえば、瓢簞という料理屋を探っていたということか……」

「さようで……」

「他の隠れ家はもう……」

「雑司ヶ谷の隠れ家は払っているのがわかっておりやす。伊皿子坂《いさらござか》の煙草屋のほうはまだですが、こっちは旦那とあっしで探ることになっておりやして」

「雑司ヶ谷はなぜ払ったとわかった？」

「燃えちまったんです。おそらくやつらが証拠を消すためにそうしたんでしょう。時日を照らし合わせると、ちょうど権佐らが伊勢鶴に押し入ったあとだというのがわかっておりやす」

「それじゃ瓢簞のほうは？」

「これから行って調べなきゃなりません」

「番所（町奉行所）の連中が出ているのではないか？」

吉蔵は静かに首を振った。

「殺された手先がなぜ、そんなところにいたのか番所の連中はわからないはずです」

「手先というのはおまえの手のものか？」

「牢屋同心の青山様が放たれた駒です」

青山……。

音次郎は心中でつぶやいて、遠くの空を見た。自分が牢屋敷を出る際、囚獄・石出帯刀の奥座敷に案内した背の高い男だ。

なるほど、あの男も今度の探索に関わっているのか……。

「ともかく急ぎましょう」

吉蔵はさらに足を速めた。日にきらめく竪川を一艘の荷船が大川のほうからやってくるところだった。

五

日本橋を背に東海道を品川に向かい、大木戸の手前を右に折れた先に、伊皿子坂がある。湾曲した坂道で、その先にはまた別の潮見坂というのもある。

上の潮見坂からは江戸湾のはるか彼方にある春霞《はるがすみ》の水平線や、帆を張った舟を眺められるが、伊皿子坂はただ急な斜面で、土地のものは息を切らしながら登ってゆく。

その坂のちょうど中ほどを右に折れた先に、長安寺という古刹《こさつ》があり、その門前町にあまり目立たない煙草屋があった。

「笹や」と染め抜かれた手拭い幟《のぼり》が、戸口脇の柱の先で風に揺れていた。もっともその小さな幟は垢じみており、屋号もよく見なければわからないほど褪《あ》せていた。

その店の奥の間で漁り火の権佐は、駆けつけてきた竹松に会っていた。

「牢屋同心の手先だっただと……」

話を聞き終えた権佐は竹松から視線を外して、垣根越しに見える寺の屋根を眺めた。

「なぜそんな野郎が、おれのことを……」

「へえ、あっしもそれはちょいとおかしいと思い首をひねったんですが、野郎はたしかに頭のことを探っておりまして……」

「瓢簞のことをあれこれ嗅ぎまわっていたんだな」

「そうです」

権佐はふむと、腕を組んだ。

身の丈五尺あるかないかの小さな体だ。それなのに、貫禄があるのは権佐の醸《かも》しだす大盗賊の風格だろう。髷には白いものがまじり、額も広くなっている。しかし、血色がよくつややかな肌色をしている。

「おれのことを……牢屋同心の手先が……」

権佐はさっきと同じことをつぶやいて、短くて太い指で濡れたように光っている唇をなぞった。その目は澄んでいるが、剃刀《かみそり》のような鋭さがある。

「火盗や町方なら去年の伊勢鶴への押し込みの件だと察しがつくが……はてな……」

思案するが、権佐は要領を得なかった。だが、これは注意が必要なことだ。

「竹松、よく知らしてくれたな。それによくやった。これからも頼むぜ」

権佐は竹松に小判一枚を褒美にやると、呼ぶまでそばで待っていろと指図した。

この煙草屋は以前は隠れ家として使っていたが、今は単なる連絡場《つなぎ》である。二、三日に一度、権佐はここに来て何か新しい情報がないかと暇をつぶして帰るのが常だ。目端の利く忠実な盗賊仲間がそんな情報をもたらすのだ。しかし、今日竹松が持ってきた話は、聞き捨てならないことである。

ひとりになった権佐は煙草盆を引き寄せると、煙管《きせる》に火をつけてゆっくり吸った。雁首《がんくび》に赤い火が生まれ、紫煙を吐きだす。

狭い庭にある梅の木で、二羽の目白がさえずっていた。梅は白い花をほころばしている。

権佐は煙管を吹かしながら熟考した。

引っかかるのは、自分のことを探っていたのが牢屋同心の手先ということだ。それからなぜ瓢簞に目をつけたかである。

瓢簞もここと同じく以前は隠れ家であったが、連絡場に変更していた。店は口の堅い留造にまかせていたが、三年も店をやらせておくと、気づかないところでボロが出る。その前に店を畳んでいるので、自分と瓢簞の関係を知っているものはかぎられている。町方や火盗改めにも知られてはいないという自負もあった。

それじゃ手下の誰かが裏切って密告したのか……。だが、そこで疑問がわく。なぜ、牢屋同心へ密告するのだ、と。

それから誰がそんなことをしたか……？

瓢箪が連絡場だったというのを知っている仲間は多くない。頭のなかで名前と顔さえ浮かぶほどだ。

煙管の灰を落とした権佐は、縁側の隅にかけていた竹松を呼んだ。

「誰かが裏切ったとしか考えられねえが、牢屋同心の手先だったというのがどうも引っかかっていけねえ。ほんとに、おれを探っていた男は牢屋同心の手先だといったんだな」

「へえ、この耳でしっかりと。青山という同心の手先だといいやした」

「ふむ」

権佐は煙管の雁首で肩をたたきながら、竹松を探るように見た。

「いいか、竹松。この件はおれとおまえだけのことで、誰にもしゃべるんじゃねえ」

「へえ」

「瓢箪は去年、伊勢鶴に入る際の連絡場だった。あんときの仲間に裏切ったやつがいねえか探るんだ。気づかれねえようにしろ」

「まかしといてください」

「それからもう一度、巣鴨に行って町方の動きをそれとなく探ってくるんだ」

「わかりやした」

「これはその手間賃だ。取って置きな」

権佐は財布のなかから新たに二両を出して、竹松に渡した。

「それでわかったらここへ……」

権佐は「そうだ」と、いおうとしたが思いとどまった。ここも払ったほうが無難かもしれない。自分を追っている影がある以上、用心したがいい。

「裏切り者がわかったら、宗八《そうはち》に伝えるんだ」

「宗八さんに……」

竹松は障子の隙間越しに、帳場に座っている宗八の後ろ姿を眺めた。

「承知しやした」

「すぐに取りかかるんだ」

竹松が去っていくと、権佐は宗八を呼んだ。干し柿のような顔をした男だが、口の堅さは天下一品である。

「宗八、二、三日うちにこの店を畳むんだ。その間に仲間がやってきたら、連絡場は他へ移すといっておけ」

「どちらへ？」

「……明日中には決める」

六

巣鴨・枡形横町にある瓢箪は、夜商いだけでなく、昼間も営業をしていた。

「店は仙次郎《せんじろう》って年寄りが、女房と二人の女中を使って切り盛りしていやす」

調べに行っていた吉蔵が戻って来るなり、音次郎に耳打ちするようにいった。

瓢箪のはす向かいにある茶屋の縁台で、音次郎は付近の様子をそれとなく探っていた。

「それで今の亭主と権佐のつながりは……」

「ないようです」

吉蔵は首を振って、言葉を足した。

「以前やっていたのは留造という男で、昨年の暮れに今の主に店を譲っています」

「アシがつく前に店を払ったということか……だが、留造は権佐の息がかかっていた」

「そう考えて間違いないでしょう。留造が店を開いてしばらくは、人相風体のよくないやつらが出入りしていたそうですが、そのうちそやつらは来なくなったといいます」

「そのなかに権佐は……」

「多分いたんでしょうが、商いのことより隠れ家が目につくのを恐れたんじゃないでしょうかね」

「なるほど……」

音次郎は深編笠の庇《ひさし》を軽くあげ、目を細めて瓢簞を見、三人の小者を引きつれて去ってゆく町方同心の後ろ姿を見送った。

「それで権佐をどうやって捜す?」

「それです。町方が探っているのは、青山様の手先だった惣助《そうすけ》を殺した下手人です。権佐のことは眼中にありません」

「だが、その下手人が権佐につながっているというのは考えられる」

「……ごもっとも」

吉蔵は白濁した左目をしばたたいて茶を飲んだ。

「権佐の顔を知っているものはいないのか？」

吉蔵は首を振った。

音次郎は舌打ちして、唇を噛んだ。こういうことだったら、伊平次をもっと締めて権佐の人相書きを作らせるべきだった。そう思いはしたが、あの伊平次が人相書き作りに、果たして協力しただろうか？

答えは否だ。

「権佐の顔を知っているものは、瓢簞の前の主だった留造というわけか」

「もうひとり、青山さんの手先・惣助を殺した下手人もそうだと考えていいのでは……」

「そうだな。それで、留造の人相書きは？」

「それは今ひそかに作らせています」

「留造の行き先も、居場所もわからないというわけだな」

「そういうことです」

「どこから手をつける？」

「こっちはまだ、町方の手先が動きまわっています。あっしらは下手に動かないほうがいいと思います」

「ふむ……」

「権佐のもうひとつの隠れ家がありますね。そっちにまわってみましょう」

「うむ、こういったことは早いほうがいい。早速行ってみるか」

巣鴨をあとにした二人は、伊皿子坂の煙草屋に向かうことにした。

七

さっきまで晴れていた空が、鈍色《にびいろ》の雲に覆われはじめた。

そのせいで障子に当たっていた日が翳《かげ》り、部屋のなかが暗くなった。

そこは伊皿子坂途中にある小さな庭つきの家だった。二年前に権佐が手に入れたもので、この家を知っているものは五本の指も折れない。

「行灯に火を入れな」

権佐が灰吹きに煙管を打ちつけていうと、留造が行灯に火を入れた。

この留造こそが、瓢簞の前の主である。すっかり後退した額のうしろに小さな髷がちょこなんと座っている。

「頭、話はだいたいわかりました。しかし、こうなると竹松を巣鴨に向かわせたのは不用心だったのではないでしょうか」

権佐は、ぎろりと留造を見た。

「そう思うか？」

「竹松は頭を探っていた男を殺したんです。町方が出張っているのは考えるまでもないでしょう。下手なことをして、やつがしょっ引かれでもしたら……」

「やつはそんなヘマはしねえさ。それにやつが殺したという証拠は残っていない」

「はっきりそういえますか……」

留造はじっと権佐を見つめ返した。庖丁人としての腕があるだけでなく、権佐が認めるほど肝の据わった男だった。

権佐はしばらく言葉を返すことができなかった。だが、舌先で乾いた唇をなめてから、

「竹松はすでに巣鴨に送っちまったんだ。今さら、そんなことをいわれてもな……」

「やつが今ごろのこのこ巣鴨くんだりまで出かけたのにはわけがあるんです」

権佐はきらりと目を光らせて留造を見た。

「なんだ？」

「女です。やつの好きな女がいるから巣鴨まで出かけたってわけです。その途中で、

頭のことを探っている牢屋同心の手先に偶然気づいたんでしょう」

権佐は開いている障子の向こうに見える曇った空を見た。

「女が絡むと、味噌がつくことがよくあります。おれも竹松のことだから、まあそう心配はしておりませんが、油断はできませんよ」

「……女が……だがまあ、今日は様子を見るしかねえ。竹松は明日にはこっちに戻ってくる。そのときの話次第で、先のことは決めるさ。それより、新しい連絡場がほしい。どこか適当なところに心当たりはねえか」

「二、三ありますが、場所はどのあたりが……」

「江戸を離れる大仕事はまだ先のことだ。できればここからあまり遠くないところがいいだろう」

「わかりやした。今日にでもあたっておきましょう」

「それから、例のやつらは……？」

「そろそろまいりますか。雁首揃えて待っているはずです」

権佐は留造を伴って家を出た。

行くのは芝車町の小さな貸座敷屋であった。赤穂四十七士の眠る泉岳寺下の静かな佇《たたず》まいで、入った座敷からは江戸湾が望めた。曇り空の下に広がる海は穏やかだった。

権佐は子持ち縞の着流しに博多献上という楽な恰好だが、留造のほうは地味な着物に褐色の羽織という商家の手代ふうである。

店の女中の案内で襖が開けられると、座敷には三人の浪人が膝を崩して茶を飲んでいた。一瞬、権佐と留造に不敵な視線を向け、しぶしぶの体で膝を揃えて座りなおした。

「こちらが頭の権佐さんだ」

留造がいうと、三人の浪人が権佐を見た。

「名を」

権佐の短い言葉で三人の浪人が順番に、

「塚松《つかまつ》和十郎《わじゅうろう》」

四角四面の下駄面だった。

「榎本《えのもと》三衛門《さんえもん》」

長身瘦軀《そうく》で剃刀のように目の細い男だった。

「平野原《ひらのはら》角蔵《かくぞう》」

丸顔の小男だ。

「話は先に申してあるが、お三方には頭の用心棒として働いてもらいますが、よろしいでしょうな」

「そのつもりで来たのだ」

平野原だった。

「ようは金だ。安くないといっておいたがわかっておるんだろうな」

榎本三衛門は権佐と留造を交互に見ながらいう。

「おれの命を守ってもらうんだ。腕のほどはたしかなのだな」

権佐はひとりひとりを眺めた。小柄ではあるが、その視線は猛禽類《もうきんるい》のように鋭く、また小さな体から放つ空気は十分に三人の浪人たちを威圧していた。

「どうなんだ？……塚松和十郎」

のっけから呼び捨てだが、塚松は反撥《はんぱつ》することもできず、

「拙者だけでなく、われら三人は折り紙つきの腕を持っておりますよ」

「人を殺したことは……」

権佐は相手を焼き殺すような視線を塚松に向けた。塚松はその迫力に気圧《けお》されたのか、ごくりと喉仏を動かしてつばを呑んだ。

「……三人。平野原は五人ほど、榎本が六人」

「合わせて十四人か……まあ、悪くねえ。おれはその倍じゃきかねえが、まあ留造の眼鏡に適《かな》ったものたちだ。留造、支度の金を」

権佐の言葉で、留造が三人の用心棒の前に切り餅を二個ずつ置いていった。三人の顔に驚きの色が浮かんだ。ひとり頭五十両の勘定なのだ。

「……不満があれば、このままお引き取り願いますよ」

留造が口の端に笑みを浮かべて三人を眺めた。

「仕事を終えたあかつきにはその都度、報奨金も出す」

権佐はさりげなく煙管《きせる》に火をつけて吹かした。

三人の用心棒は互いの顔を見交わし、

「承《うけたまわ》った」

と、声を揃えた。

「して、最初の仕事は……？」

これは塚松和十郎だった。

権佐は煙管の灰をゆっくり落としながら、上目遣いに三人を眺め、

「おれを尾《つ》けまわそうとしている蠅《はえ》がいるようだ。そいつがわかり次第、斬ってもらう。簡単なことだ」

「……どんなやつです？」

「どうやら牢屋同心のようなのだが、まあそれは近いうちにはっきりするだろう」

「……牢屋同心」

榎本三衛門が解《げ》せない顔で、首をかしげた。

「相手が誰であろうと、てめえらはたった今からおれの用心棒だ」

権佐はカンと、煙管で煙草盆を強くたたいた。

三人の用心棒がびくっと肩を動かした。権佐が三人を呑んだ瞬間だった。

第六章　伊皿子坂

一

音次郎と吉蔵が伊皿子坂《いさらござか》に着いたころには、すでに日が傾き、江戸湾に夕日の帯が走っていた。

漁り火の権佐の隠れ家のひとつ、長安寺門前の煙草屋「笹や」はすぐに見つけることができた。間口一間半ほどの小さな店だ。屋号の幟《のぼり》は色褪せており、建物自体も古く、ひっそりした町外れであり目立ちもしない。盗賊の隠れ家には恰好の場所と思われる。

「……どうする？」

音次郎は笹やを遠目に眺めてから吉蔵に聞いた。

「じかに訪ねるのはよしたがいいでしょう。しばらく様子を見ますか……」

「うむ」

音次郎はあたりの町屋を見まわし、

「吉蔵、そこの田楽屋《でんがくや》で張ってくれるか」

「旦那は？」

「おれは煙草屋のまわりを見てくる」

音次郎は長安寺の境内に入って、裏の抜け道から煙草屋の裏に通じる坂道を下りた。笹の垣根越しに煙草屋の裏庭が見えた。狭い庭の先に縁側がある。障子が閉められているので屋内を見ることはできない。

権佐がいるのか……？

音次郎は閉まっている障子を透かし見るような視線を向けたが、長く留まっているとあやしまれるので、坂を少し下りて町屋の通りに出た。

「瓢簞と同じように息のかかったやつが店を預かっていると思うが、まさかまた主が変わっているようなことはないだろうな」

吉蔵の待つ田楽屋に戻った音次郎は耳打ちするようにいった。

「調べてみましょう」

「この店のものに聞いてみるか」

「待ってください」

吉蔵は音次郎の腕を押さえ、首を振った。

「迂闊《うかつ》に聞かないほうがいいでしょう。もし、この店のものも……」

吉蔵のいいたいことはわかるが、田楽屋にいるのは人のよさそうな若い女と白髪頭の年取った女だけだ。だが、裏で通じているということもある。

「それじゃどうやって……」

「家主に聞きましょう」

「なるほど」

笹やの家主は、同じ門前町に住まう十右衛門《じゅうえもん》といった。

「笹やさんは、宗八という真面目な人がずっと借りておられます。かれこれ四、五年になりますでしょうか。それで、あの店を借りたいとでもお考えですか？」

十右衛門は音次郎に訝《いぶか》しげな視線を向けてきた。吉蔵は人相が悪いので、さっきの田楽屋に待たせたままだ。

「見たところ、あまり流行《はや》っているようでもないし、できたら当方で借りて住まいにできたらと思ったまでだ。あの静かな佇《たたず》まいが気に入ってな」

「さようでございますか。しかし、残念でございます。宗八さんに立ち退くような素振りはございませんで……もしよければ、他をあたっておきますが、いかが致しましょう」

「いや、それはよい。あそこが駄目ならあきらめるしかなかろう」

音次郎は適当に誤魔化して田楽屋に戻った。

「あの煙草屋の主は宗八というものだ。四、五年借りているというから、仲間と考えていいだろう」

「そうですか……」

吉蔵は鼻の脇を掻きながら、格子窓の向こうに見える笹やに視線を飛ばした。

「締めあげて口を割らせるか」

吉蔵がゆっくり顔を戻し、

「旦那も荒っぽいことをお考えになりますね」

「性急すぎるか……」

「下手に手を出したばかりに、権佐を逃がすということもあります」

音次郎は顔に似合わず思慮深いことをいう吉蔵に感心した。

「それじゃ様子を見るか……」

「まずはそうしましょう」

吉蔵がそう答えたとき、笹やの表に男が現れた。前掛けをしているので、店のものと知れる。音次郎と吉蔵はその男に目を注いだ。

遠目ではあるが、五十近い男のように見える。宗八に違いない。

宗八は手拭いの幟を巻き取り、ついで暖簾《のれん》を下ろして店のなかに消えた。

まだ店を閉めるような刻限ではない。空は紫紺色に変わりつつあるが、日が落ちるまでには間がある。

「……いつもこうなのか？」

「さあ、どうでしょう」

吉蔵が首をかしげたとき、宗八が表に出てきた。地味な手綱柄の着物に身を包んでおり、少し腰をかがめ気味に歩く。

やがて、音次郎らのいる田楽屋の前を通り過ぎていった。

「尾《つ》けてみるか……」

「あっしはあの店をちょいと探ってきます」

「それじゃどこで落ち合う？」

「一刻後にそこの坂下ってえのはどうです？」

「その刻限に行けなかったら……」

「旦那の家に行くことにします」

二人は田楽屋を出ると、右と左に別れた。

音次郎は宗八のあとを追って、伊皿子坂を下り東海道に出、そのまま日本橋方面に向かった。前を行く宗八は、別段急ぐ様子でもなく、ときおり表通りから脇道に入って裏店通りを歩いたりした。

単なる暇つぶしかと思ったが、そのうち宗八が家探しをしているのだと察しがついた。

宗八は下見をするように芝田町の町屋から芝橋まで歩いて、来た道を引き返した。すでに日は落ちており、往還には提灯や行灯の明かりがあった。

吉蔵と待ち合わせの伊皿子坂下に行ったが、まだ少し間があり、姿はなかった。音次郎はそのまま尾行をつづけ、宗八が笹やに戻り戸を閉めたのを見て引き返した。

そのとき、人の目を感じた。夕刻に入った田楽屋のそばにひとりの男が立っていた。ついと視線を向けると、それとなく顔をそらし、一方に歩き去っていった。

深編笠を被っているので音次郎の顔は見られなかったはずだが、何となく気になった。その男とすれ違うように吉蔵がやってきた。

「ここでしたか」

「少し早かったのでな。あの男……」

音次郎はさっきの男の後ろ姿を顎でしゃくった。

吉蔵が振り返って見ると、男が視線に気づいたように一度こっちに顔を振り向け、逃げるように宵闇のなかに消えていった。

二

笹やに忍び込んだ吉蔵だったが、権佐につながるようなものは何も発見できずにいた。

「それじゃ宗八は、ひとり住まいというわけか……」

「そうとしか思えませんで」

「……隠れ家といっても根城にしているのではないのかもしれぬな」

「女の匂いもありませんで……」

音次郎は星のまたたく空を見あげた。

「まさか、江戸にいないということは……」

「あるかもしれません。だが、どこにいるか尻尾《しっぽ》はつかまないと……」

吉蔵のいうとおりだ。

権佐は押し入った料理屋・伊勢鶴の家族と奉公人十四人を虫けらのように殺し、まんまと千三百両を盗んだ外道である。

もし、そのなかに自分の家族がいたなら、腸《はらわた》が煮えくり返っているはずだ。その被害者家族のためにも、囚獄から授かった役目は果たさなければならない。

翌日も音次郎と吉蔵は笹やを見張ることにし、伊皿子という小間物屋の一部屋を借り受けることにした。店の主に一日一分《いちぶ》でどうだと交渉すると、二つ返事で部屋を空けてくれたのだった。

笹やの客は少ない。昼までに店を訪ねた客は十人もいなかったし、午後からも小半刻にひとりといった具合である。

客のなかには権佐の仲間がいたかもしれないが、音次郎も吉蔵もそれを見分けることはできなかった。疑おうと思えばいくらでも疑えるのだ。

宗八は昨日と同じように早めに店を閉め、また出かけていった。今日は吉蔵が尾行をすることにし、残った音次郎はそのまま笹やを見張った。

太陽がいよいよ傾き、笹やの腰高障子に夕日があたったころ、数人の客が訪ねてきたが、店が閉まっていると知り、何やらぼやきながら去っていった。そのあとで、また新たな客が現れたが、店のなかに声をかけただけでよそへ行ってしまった。

吉蔵が見張り所に戻ってきたのは、暮れ六つ（午後六時）の鐘が空に響いてから間もなくのことだった。

「旦那がいわれたように家探しをしているようです」

「店を移す気か……」

「そうかもしれません」

「ともかく明日も様子を見るか……」

「それしかないでしょう」

そして、翌日の朝、音次郎が吉蔵と待ち合わせの回向院《えこういん》山門に行くと、

「旦那、巣鴨で殺された惣助の下手人につながる女がわかりました」

「女……」

「へえ、町方の手先が聞き込んでいるうちに浮かびあがったそうで……」

「それで女は口を割ったのか？」

「割っておりやす。下手人は竹松という男のようで、女はお千代という仲居です」

「その女に会うことは……」

「調べは終わっているので会えるはずです」

「会ってみよう」

「それからもうひとつ……これが留造の人相書きです」

音次郎は受け取った人相書きに目を凝らした。

年は四十半ばとあるが、禿げ上がった額が十歳は老けさせていると但し書きにある。丸顔に薄眉、目が小さいぐらいで、あとは特徴といえるものはない。料理屋の主に化けていただけに、人当たりのよい顔つきである。

「これは誰が作ったのだ？」

「青山さんです。牢屋同心も、町方の旦那のように助《すけ》をするものがおりやすから……」

音次郎は歩きだしていた。

牢屋敷に収檻《しゅうかん》された囚人のなかには牢屋同心に目をかけられるものがいる。またわざと恩義を売るように、親切に便宜を図ってやる牢屋同心がいる。盆暮れの付け届けを意図してやることが多いようだが、牢屋敷内での調べで、不足の証拠などを集める際にはそんな元囚人らの協力が大いに役立つことがある。

音次郎と吉蔵は用をすましたら、すぐその足で伊皿子坂に向かわなければならないので巣鴨へ急いだ。

お千代の住まいは仲居をしている貸座敷屋と同じ巣鴨原町にあった。一橋家の抱え屋敷のすぐそばにある、建て替えて間もない小ぎれいな六軒長屋住まいであった。

声をかけて訪ねると、戦々恐々といった体で腰高障子を開けたのが、お千代だった。色白で男好きのする女だ。

「また、竹松のことですか……」

訊ねようとする前にお千代のほうから口を開いた。

「さっきも同じ町方の旦那に話したんですけどねえ」

どうやらお千代は、音次郎らのことを町奉行所同心だと思い込んでいるようだ。それならそれで都合がよい。

「悪いがもう一度教えてくれ。聞き忘れたことがあるといけないのでな」

お千代はふうとため息をつき、

「それで何を話せばいいんです」

と、投げやりな口調でいった。

「竹松との付き合いはいつごろからだ?」

「かれこれ一年になりますかねえ」

「それでやつの仕事は知っているんだろうな？」

「またそれですか。わたしはどこぞのお屋敷の中間《ちゅうげん》だと聞いておりましたが、そんなの端《はな》っから信用しちゃおりませんでしたよ。最初会ったときから遊び人に決まっていると思っておりましたから」

「やつと付き合いのある仲間に会ったことは……？」

お千代は首を振って、またそれかという顔をした。

「ありませんね」

「それじゃ竹松の住まいは？」

「駒込片町《かたまち》といっていましたが、その町のどこかは聞いちゃおりません。それもさっきいったばかりですよ」

「……権佐という名を竹松が口にしたことはないか？」

お千代は目をぱちくりさせた。初めて聞かれたという顔だ。

「権佐……。そんな名は初めて聞きますけど……」

「……そうか」

お千代の目に嘘は感じられなかった。

「ともかくあたしは殺しなんかにゃ関わっていませんから、昨夜散々ぱら番屋（自身番）で話してあるじゃないですか。もう、うんざりですよ」

音次郎は吉蔵を振り返った。吉蔵はもういいでしょうという顔をした。

「邪魔をした」

音次郎はそのままお千代の家を離れたが、後ろで激しく戸の閉まる音がした。

「どうやってお千代のことがわかったんだ？」

最前から疑問に思っていたことだった。

「惣助が殺された晩、お千代は例の瓢簞に近い蒟蒻屋《こんにゃくや》という料理屋で、竹松と待ち合わせをしていたそうで……。それで、竹松は先に来て待っていたのですが、お千代が来てすぐ竹松が殺された惣助を追うように出ていったのを、店の女が覚えていたんです。惣助が瓢簞の主のことをあれこれ聞いたから、その顔が頭にこびりついていたそうで……」

「しかし、よくお千代のことを……蒟蒻屋の贔屓客《ひいききやく》だったのか？」

「そうじゃありません。女の客はめずらしいし、あの器量です。店のものが覚えていても不思議はありません。それで、惣助のあとを追うように出て行ったのがお千代の連れだというのがわかったというわけです」

「なるほど……。しかし、お千代は竹松のことは何も知らないようだな。嘘をいってるようでもないし」

「あっしもそう思いました。無駄足でしたかね」

「どうかな……」

「ともかくお千代の話をもとに、町方のほうで竹松の人相書きは作られるはずです」

「手に入るな」

「もちろんです」

「それじゃ伊皿子坂に急ごう」

巣鴨をあとにする音次郎は、不思議な思いを胸に抱きはじめていた。

御徒組《おかちぐみ》にいたとき、自分の役目に興奮することはなかった。毎日が単調に過ぎていくだけで、退屈を覚えることもしばしばだった。

ところが今はどうだ。不慣れな役目を授かってはいるが、何もかもが新鮮に感じられると同時にやり甲斐さえ覚える。かつて傍目《はため》で町奉行所与力や同心の仕事を見ることはあったが、そのときは大変な役目だと思う程度でとくに興味もなかった。しかし今、自分は彼らと同じように悪党を追及するための動きをしている。

何もかもが、妻子を殺されたことで変わってしまった。

音次郎は遠くの空を眺めながら表情を引き締めた。

三

その朝、竹松は町方の動きを見るためと、近くに住む仲間を訪ねるついでにお千代の家に足を運んだのだが、木戸口を入ろうとしたところで足を止め、とっさに長屋の横道に身を隠した。

お千代の家の前に立つ二人の男に見覚えがあったからだ。お千代と話をしているのはわりと背の高い浪人ふうの男で、大小を差している。昨日は深編笠《せいかん》を被っていたが、今はそれを手に持っていた。横顔しか見えないが、なかなか精悍《せいかん》な男だ。うしろに控えているがっしりした男も、昨夜の男と同じだ。なにより蝦蟇《がま》のように剝かれた目と、白く濁っている左目を持つ顔はすぐに忘れられるものではない。

一心に聞き耳を立ててみたが、男とお千代が何を話しているかはわからない。おそらく自分のことをあれこれ聞かれているのだろうと察しはつくが……。

それにしてもあの二人、町方なのか……。また、なぜ伊皿子坂の笹やのそばにいたのだ。ひょっとして連絡場《つなぎば》を嗅ぎつけているのか……。

様子を窺《うかが》っているうちに二人が長屋を出ていったのは、つい先刻のことだった。

竹松はお千代を訪ねようかどうしようか迷ったが、今はまずいと思い、そのまま仲間の家に足を向けた。だが、それも途中でやめることにした。

こういったことは早く頭に伝えるべきだ。

権佐に心酔している竹松は、忠実な猟犬となって伊皿子坂に向かうことにした。足を急がせながらも、いやな胸騒ぎがしてならなかった。それに先日、頭の権佐を探っていた牢屋同心の手先殺しの下手人——つまり、自分なのだが——に、町方が見当をつけたのを知ったのもついさっきのことだ。

いったいどうやって自分が嗅ぎつけられたのか、よくわからなかった。蒟蒻屋の誰かが自分のことを覚えていたのか？　ひょっとして殺しの場を見られたのか？

いずれにしても気色が悪かった。盗み働きをするときや、その仕事を終えたときにも感じない恐怖があった。自分が追われていると思えば、なおさらだった。

こうなると頼りは頭しかない。

顔を強《こわ》ばらせた竹松は、小走りになって脇目もふらず伊皿子坂へ急いだ。

巣鴨から伊皿子坂と一口にいえば近いように聞こえるが、最短でも三里強はある。現代なら電車を使えば三十分もかからないが、この時代は徒歩である。

竹松は汗を噴き出しながら足を急がせた。

春の太陽はじりじりと昇っており、市中に明るい日射しをもたらしている。梅の花がそろそろ散りはじめ、赤い躑躅《つつじ》が鮮やかになり、芽吹いている桜の開花も間もなくだ。

竹松が伊皿子坂の笹やに着いたのは、四つ半（午前十一時）前だった。

息を切らしながら店の表に立ったが、戸は閉まっており暖簾もあがっていない。おかしいと思い、宗八に声をかけたが返事もない。

裏にまわってもみたが、戸締まりを厳重にしてある。

「いったいどこに行っちまったんだ」

手拭いで汗をふきながらまわりを見てぼやいた。何だか路頭に迷った犬みたいな気分になった。

「こんな大事なときに……」

竹松は権佐の住まいを教えられていなかった。知っていれば、そっちに飛んで行くのだが、権佐との連絡場は笹やとなっている。

ともかく宗八に会わなければならない。急な用で近くに行っているのだろう、そのうち帰ってくるだろうと思い、渇いた喉を癒すために近くの茶店に入って水を所望し、それから茶を注文して待つことにした。

店の長腰掛けで休んでいるうちに汗も引き、呼吸も整った。小半刻ほど待ったが、宗八の帰ってくる気配はない。遅いなと、苛《いら》つきながら通りを眺めたり笹やを見たりする。

それから間もなくのことだった。茶に口をつけてふっと顔をあげたとき、伊皿子坂からこっちの通りにやってくる二人の男の姿があった。

竹松はそっと葦簀《よしず》の陰に身を寄せ、息を呑んだ。

さっき、巣鴨で見たばかりの例の二人組だ。二本差しのほうは深編笠を被っており、もうひとりは相変わらずの仏頂面である。

やがて、その二人は葦簀の向こうを通り過ぎ、笹やの近くで足を止めた。竹松はその様子をじっと見ていた。

二人は短い言葉を交わすと、近くにある伊皿子という小間物屋に入っていった。すぐ出てくるかと思ったが、二人は小間物屋に入ったきり出てくる様子がない。

ひょっとしてあの店で笹やを見張っているのか。これはいよいよ、頭のことを調べているのだと思ったが、ひょっとすると自分を追っているのかもしれないと思いもした。

いつしか心の臓が早鐘を打ちはじめていた。

早く頭に会わなければならないが、その手立てがない。あの二人が笹やに目をつけているのは明らかである。頭でなくとも仲間に会えないものかと、幾人かの顔を思い浮かべたが、みんなこの近くには住んでいない。

くそ、どうすりゃいいんだ。

胸中で毒づきながらも、竹松は茶店を離れようとしなかった。あの二人は自分に気づいていない。それなら逆に監視してやろうと思ったのだ。

留造の姿を見たのはそれから間もなくのことだった。いつもの手代ふうのなりで、通りを歩いてくる。竹松は葦簀の陰から表に出て、張りつめた顔で小さく声をかけた。

気づいた留造がわずかに眉を動かして、用心深い目で見てきた。

「どうした。顔色を変えて……」

「留造さん、いいからそのまま引き返してください。この先はまずいんです」

留造は異常をすぐに察知したらしくきびすを返した。

「宗八さんが店を閉めてますが」

竹松は横に並んでからいった。

「あの店はもう払った。宗八は別の連絡場を探しに行っている」

「……引き払っちまったんですか」

竹松は目を丸くした。

「ああ、そうだ。それより何があった」

竹松は二人の男のことを話した。

「どうすりゃいいんです。ともかく頭に伝えなきゃならないんですが……」

留造は表情を強ばらせたまましばらく考えていたが、

「詳しい話を頭にするんだ。ついてきな……」

「頭の家に行くんですね」

「……他に行くところがあるか」

竹松は別の興奮を覚えた。権佐の棲家《すみか》に行くのが初めてだからである。

四

権佐の頭のなかには、つぎに押し入る店のことがいくつか浮かんでいたが、徐々に固まりつつあった。いや、本当はすでに決まっているのだ。だからその備えのために用心棒を雇ったのだった。

昨年入った伊勢鶴も悪くはなかった。だが、権佐は物足りなさを感じている。準備にかかった年月と、手下への分け前を考えれば、稼ぎは十分でなかった。

「もっと大きな獲物がほしい」

それが本心である。

そして、今、獲物となる店のことを考えていた。

権佐にはその店に入ったときのことを、まるでことを終えたあとのように、まざまざと思い描くことができる。

死体はこれまで以上転がるだろうが、金蔵にはうなるほどの小判がある。権佐はすくい取った手から、山吹色の小判がじゃらじゃらこぼれる絵を想像した。

「……ふふ」

思わず笑いが漏れた。

今度の仕事が終われば、ほとぼりが冷めるまでのんびり田舎暮らしだ。そのまま足を洗って、自由気ままに暮らすのも悪くない。絵や書を愛《め》でたり、茶を点《た》てたり、自分で絵筆をとってもいいだろう。

権佐はしばらく夢想にふけったが、すぐ現実に立ち返り、

「ほんとにあそこでいいか……」

権佐は脇息《きょうそく》に肘をあずけ、煙管に煙草を詰めて火をつけた。吸い口を軽く噛み、それから頰をへこまして煙を吸って吐きだした。

空の彼方にぽっかり浮かぶ雲を見ながら、やはりあそこでいいだろうと、気持ちを固めるために心中でつぶやいた。

そのとき、庭に植えた「侘助《わびすけ》」という京椿の花がぽとりと落ちた。

「頭……」

声がしたのはすぐだった。留造だ。

入れと声を返すと、すうっと音もなく襖が開いた。

「どうした」

留造の後ろには竹松が控えていた。竹松にはこの棲家は教えていないが、留造が連れてきたというのは何かがあったからに他ならない。

「……裏切り者がわかったか」

じっと竹松を見据えてから口を開いた。

「いえ、そうじゃありません。頭のことを探っている男がいるんです」

権佐はこめかみの皮膚をぴくっと動かして、

「どんな野郎だ。話せ」

　竹松は興奮しているのか早口で、自分の見たこと聞いたことを話した。権佐はまばたきもせず、じっと腕を組んだまま竹松の動く唇を見ていた。

「話はわかった。だが慌てるんじゃねえ」

　竹松が口を閉じると、権佐は静かにそういって、小庭に視線を投げた。雀が地面に降り立ち、さえずっているところだった。

「……おまえの話の筋からすると、二つのことが考えられる。ひとつは、牢屋同心の手先を殺したおめえが追われているってことだ。だが、町方連中がどこでおめえの尻尾をつかんだかがわからねえ。もうひとつは、おめえのことはともかく、やつらがおれの尻尾をつかんだってことだ。そうだな……」

　かしこまっている竹松は大きく目を見開いたままうなずいた。

「だが、その両方ってことも、大いにある。おめえのいうその二人の狙いが、おれだろうがおめえだろうが、おれにとっちゃ同じことだ。……始末するだけのことだ」

「へえ……」

「だがな、ことはそれで終わりじゃねえ。おれをどうやって探り当てたか、その手始めのところが肝腎なところだ。誰かがおれを密告したとしか考えられねえ。そうだろう」

「……そ、そうです」

「これまでの仕事でドジを踏んだことはねえ。番所も火盗改めにも、おれの尻尾はつかみ切れていねえはずだ。それなのに、おれのまわりをうろつくようになった。それも瓢箪と笹やの連絡場を探し当てている。……誰だ。誰が売りやがった……」

権佐は口を曲げ、目の奥に針のような光を宿した。

「あっしの調べでは裏切った仲間はいませんでしたが……」

「それはもう聞いた。だが、誰かが裏切っている。そいつのことがわからなけりゃ、つぎの仕事はできねえ。そうだな」

「さ、さようで……」

権佐はごくりと生つばを呑み込んだ竹松を見、それから留造に視線を向けた。

「留造、おまえに心当たりはねえか。裏切りそうなやつのことだ。裏切ったやつは、少なくとも笹やと瓢箪を知っている。そうなると、その人間は絞られてくるんじゃねえか」

話を振られた留造は、禿げ上がった額を赤くし、小さな目で宙の一点を凝視した。しばらくその座敷に静寂が訪れた。庭から聞こえる雀のさえずりがやけに煩わしかった。

「思うことがあります」

留造が目を大きくして口を開いた。

「なんだ？」

「竹松の調べでは、仲間に裏切ったものはいませんでしたね」

「…………」

「その仲間以外に、前の仕事で連絡場を知っているものはいません。そうですね」

「そうだ」

「ですが、ひとりだけ知っているものがいます」

「誰だ？」

権佐は両眉を動かした。

「骸《むくろ》の伊平次です。やつは島流しになっていますが……連絡場のことは知っています」

「やつが裏切るとは思えねえ。それにやつは八丈島……」

そこまでいった権佐は、はたと思いあたった。それから竹松に視線を向け、

「竹松、おめえが殺したのは牢屋同心の手先だったな」

「へえ、そうでした」

「……なるほど、そうかもしれねえ。留造、伊平次だ。あの野郎が連絡場のことをしゃべりやがったのだ。そうとしか考えられねえ」

「となると、わたしのことや他の仲間のことも……」

「そう考えていいだろう。ちくしょう、島流しになった仲間から……」

口をねじ曲げてうなりを漏らす権佐は顔を真っ赤にして、手にした煙管の柄をぽきりと折って庭に投げつけた。驚いた雀たちが一斉に飛び立った。

「か、頭。それで、おれを追っている町方のことはどうします」

権佐は竹松をにらみ据えた。

「おたおたするんじゃねえ！　おめえが追われるハメになったのは大方女のせいだろう。よく考えりゃわかるはずだ」

そういわれた竹松は、はっと目を瞠《みは》り思いついた顔をした。

「こうなると、おれらの顔はすでに町方の連中に割れちまっていると考えていい。て、ことは下手にうろつけないってことだ。この町も早々にずらかったがいいだろう」

「頭、仕事はどうします？」

留造だった。

「こうなったら、のんびりしている場合じゃない。押し込みの準備を整えるっきゃねえ」

「それで、どこを狙うんです？」

「それだ。おれは海老屋と大黒屋のどっちにしようか迷っていたが、金がうなっているのは大黒屋のほうだ。そっちに狙いを定める」

海老屋は日本橋室町三丁目にある大きな古美術商だった。大黒屋は本石町四丁目の老舗《しにせ》呉服屋である。どちらも指折りの大店《おおだな》で、盗賊避けに用心棒を雇っている。

「大黒屋ですか。これは一世一代の大仕事になりますよ」

「あたぼうよ。もうちまちました仕事なんざやってられねえ。大黒屋を詰めたら、おれはこの渡世から潔《いさぎよ》く足を洗う」

「それで笹やを見張っている野郎二人のことは……？」

竹松だった。

「火の粉は払うんだ。留造、竹松に例の三人の用心棒を引き合わせ早速始末に行かせろ」

五

まだ日は高い。

それなのに、笹やは閉まったままだ。見張り所にしている小間物屋のものに聞いても、笹やが休むのはめずらしいということだった。

「まさかこっちのことを……」

吉蔵が硬い顔でいう。

「おれのことを知られるわけがない。そうではないか、おれは一度死んだ人間だ」

「……すると、他のことで知られたか、もしくは単に宗八は用があって出かけているだけってことになりますね」

「そうだな……」

そう応じたとき、音次郎は昨日この近くで会った若い男のことを思いだした。自分は深編笠を被っていたので、顔を見られていないはずだが、吉蔵はそうではない。

もし、あの男が権佐の仲間だったら、用心して笹やを閉めさせたと考えることもできるが、自分たちが何ものであるかはわかっていないはずだ。それなのに、わざわざ店を閉めるようなことがあるだろうか……。

音次郎は笹やを眺めながら考えた。格子窓の外を一匹の蝶《ちょう》がひらひら飛んでいった。

笹やに宗八が戻ってくる気配はいっこうになかった。

太陽が西に動くのに合わせ、窓格子の影も動いてゆき、その影が次第に長くなった。

「……ここに二人いても埒《らち》が明かぬ」

音次郎はいささか見張りに疲れたところでつぶやいた。

「どうします？」

「竹松という男の人相書きはもう出来ているだろうか？」

「どうかわかりませんが、出来ていてもおかしくないでしょう」

「それじゃそれを手に入れてくれないか。ついでに町方がどこまで調べを進めているのか、その辺のことも知りたい」

「わかりやした。調べのほうはどこまで教えてもらえるかわかりませんが……」

「ともかく手分けしてやったほうが無駄を省ける」

「おっしゃるとおりで。それじゃあっしは行きますが、どこで落ち合います？」

「こっちはあとどれぐらいかかるかわからぬ。おまえの居場所がわかればそっちに行くが……適当なところはないか？」

吉蔵はしばらく考えてから、

「深川六間堀、山城橋の近くに小さな飯屋があります。岡場所のそばでもありますが、その店なら生前の旦那を知っているものは来ねえでしょう」

「なんという店だ？」

「看板も暖簾も出ておりません。戸障子にかすれた字で○に飯と書いてあるのみで、土地のものは名無し飯屋と呼んでいます」

「わかった。六つ半ごろまでここで張り込むが、何もなければそこに行く」

「承知しやした」

吉蔵は裏口から店を出ていった。

ひとりになった音次郎は辛抱強く見張りに専念したが、笹やに人の出入りはなかった。ときどき近所のものが店の前で立ち止まり、暖簾の掛かっていないのを見て手持ち無沙汰に帰るだけだ。

見張り所に使わせてもらっている小間物屋の主が気を利かし、ときどき女中が茶を入れ替えに来る。

「お役人さんも大変なんですね。でも、いったい何が……」

興味津々《しんしん》の顔で聞く女中は、音次郎のことを勝手に町方だと思い込んでいる。

「たいしたことではない、会いたい人間がいるだけだ」

「怖いことにはなりませんよね」

女中が不安そうに目をしばたたけば、

「この店に迷惑のかかることは何もないから安心しろ」

と、音次郎はやさしげな笑みを浮かべて答えた。

日が徐々に翳《かげ》り、仕事帰りの職人の姿が目立つようになった。

昼下がりには見られなかった近所の子供やお上連中の姿も多くなった。

夜商いをする店の提灯や行灯に火が入れば、昼商いの店は暖簾を下げ、看板を下ろしたりする。それでも笹やには何の変化もなかった。

寺の鐘が暗くなった空を静かに渡っていった。

野菜や豆腐の振り売りが声をあげて通りを流してゆけば、近くの武家地に住んでいると思われる武士が、居酒屋の暖簾をくぐっていった。

ついにその日一日、笹やに変わったことはなかった。宗八も帰ってくる様子がなかった。もう少し粘ろうかと頭の隅で考えるが、そうなると切りがない。

音次郎は六つ半の鐘音を聞くと、格子窓の障子を閉め、腰をあげた。

六

竹松が例の男二人がいると思われる伊皿子という小間物屋の近くにやってきたのは、日が落ち切ったあとだった。

「もうおれたちの面は割れているかもしれねえ。日のあるうちは不用心に表を歩かないことだ」

そう権佐に釘を刺されていたので、留造も外出《そとで》の機会を窺っていたのだった。それに、用心棒らを揃えるのに手間取ったことも、遅くなった理由である。

権佐が雇い入れた用心棒は三人だが、平野原角蔵という男が用意された家にいなかったのだ。どこに行ったと、留造が目を三角にして聞けば、

「あの男、こっちに目がないもので」

と、用心棒のひとり塚松和十郎が下駄面をにやつかせて、小指を立てて見せた。女を買いに大木戸に近い車町の岡場所に行ったというのだ。

これには竹松も留造もあきれ返ったが、ともかく待つことにした。

その間に、竹松は例の小間物屋にそれとなく探りを入れたのだが、そのとき小太り

のほうが店を出て行った。

権佐の指図は二人とも今日のうちに始末しろだった。これではひとりを逃してしまう。竹松は慌てて留造のもとに駆け戻って、

「留造さん、ひとりが店を出て行っちまいましたが、どうします？」

「チッ、平野原さんが遊んでるからだ。仕方ねえ。ともかくひとりはいるんだ。そっちから片づけていくことにしよう」

そういうことで、留造と二人の用心棒は、竹松の案内で小間物屋伊皿子の近くに来たのだった。

すでに伊皿子は暖簾を下ろし、店仕舞いをはじめている。

「まだいるんだろうな」

留造が表戸を閉めようとしている伊皿子を見て聞いた。

「ひとり残っているのはわかっております。おそらく町方の同心でしょう。浪人のなりを考えれば、隠密かもしれません」

竹松は町奉行所の隠密廻りのことをいっているのである。

黒紋つきの羽織を着ている定町廻り《じょうまちまわ》り同心や臨時廻り同心と違い、隠密廻りは着流しの浪人姿のことが多いし、ときに乞食や商家の手代に変装したりもする。

「表から出ちゃこないだろう。裏にまわろう」

留造はそういって伊皿子の裏に足を向けたが、途中で顔をしかめて足を止めた。

「ぞろぞろ固まってちゃ目立っていけねえ。少しは考えてくれねえか」

竹松にも留造の小言はよく理解できた。

「見張れるところに適当に散ってもらえるかい。尾けることになると思うが、そのときも相手に気取られないように、そこんとこを考えてもらわなきゃ……頼みますよ。頭は、あんたらを安く使ってるわけじゃないんですから」

「そんなことはいわれるまでもない」

不平顔で口答えするのは、長身の榎本三衛門だ。

「ともかく頭を使ってくれなきゃ……」

留造はまだ何かいいたいようだったが、途中で声を呑んだ。

「とにかく裏から出てきた浪人がいたら、そいつが件《くだん》の男です。多分深編笠を被っているか、手に持っているはずだからすぐわかります。それじゃ留造さん、おれは塚松さんと榎本さんの三人で坂下のほうで張りましょう」

竹松は留造にそういって、塚松と榎本にこっちのほうへと促した。

その間に留造は、坂上のほうに移った。

裏通りは表と違い、かなり暗い。だが、皓々《こうこう》とした月明かりがあるので、ある程度の距離があっても人の見分けはつきそうだった。

物陰に身をひそめた竹松は、そばに控えている塚松と榎本を見た。これから殺しをやるのだが、さして緊張している様子はない。人を斬り慣れているからだろう。

「……何を見ていやがる」

ふいに肩をつかまれて、塚松ににらまれた。

「いや、腹が据わってる人だなと思っただけですよ。さすが頭が選んだだけの人だと思いましてね」

竹松は愛想笑いを浮かべたが、塚松も榎本も表情ひとつ変えなかった。

「ここは人通りが少ない。ひと思いにここでやるか……」

塚松が顎をなでながらつぶやいたとき、伊皿子の裏口の戸が音を立てて開き、すぐに黒い影が通りに現れた。

竹松は懐の匕首の柄をつかんで、生つばを呑んだ。隣にいる榎本が鯉口を切った。

黒い影は例の深編笠の浪人だった。物陰にひそんでいる竹松は、裏道をこっちに進んでくる男に目を光らせているが、飛びだすことはできない。

伊皿子の裏口で、店のものが去って行く男を見送っているのだ。さらに、間の悪いことに数人の職人が声高に何かをしゃべりながらその道にやってきた。

その間に男は坂を下りはじめ、人目の多い町屋の通りに出た。

竹松がチッと舌打ちしたとき、留造がやってきて「尾けるんだ」と、顎をしゃくった。


音次郎は見張り所にしていた小間物屋を出て間もなく、不穏な空気を敏感に感じ取っていた。伊皿子坂を下りきるころには、誰かに尾けられているのがわかった。

誰だと、疑問に思う先に答えは出てくる。権佐の手下に違いない。つまり、自分が笹やを見張っていたことは、とうに見破られていたのだ。

だから笹やは店を閉めたのだろうし、宗八も姿を消したのだ。

東海道に出た。これからしばらくは、芝田町の町屋が往還の両側につづく。音次郎は背後に注意を配りながら、相手は何人だと考えた。

少なくとも三人はいるようだが……。

尾行の曲者は人目を嫌っているのか、無用に近づいてこようとはしない。人通りは絶えていないし、明かりをつけている店が多いからであろう。

空には明るい月が浮かんでいる。風も弱いので、雲も止まっているように見える。

高札場のある元札辻までやってきた。左に行けば赤羽橋にぶつかる。音次郎はそのままま っすぐ日本橋に向かう道を進む。

相変わらず尾けてくる曲者の人数が不明だ。

三人か、四人か……定かでない。

逃げる手もあるが、せっかく先方から近づいてきたのだ、この機を逃す手はない。

しかし、こっちはひとり……。

音次郎は奥歯を嚙み、下腹に力を入れ、気持ちを固めた。

どうせ一度失った命、死など恐れることはない。それに曲者のひとりでも生け捕りにすれば、権佐の居所を突き止められるはずだ。

右側の町屋が途切れ、薩摩島津家の町屋敷の長い塀となった。明かりは左手の町からこぼれているだけだ。曲者は間を取ったようだ。町屋を抜け先回りしているものがいるかもしれない。

音次郎は自分の姿に不便さを感じた。何より深編笠が、相手の目印となる。ただの着流しなら、尾行をまき逆手を取ることもできるのだが……。

島津家屋敷を過ぎたとき、強い潮風が吹いてきた。鬢《びん》のほつれが乱れ、裾がめくりあげられた。海側に浜があるのを思いだしたのはそのときだ。

土地のものが芝浜、あるいは雑魚場《ざこば》と呼ぶところで、網干場と物置場になっている。遠浅の海は潮干狩りでにぎわうところで、沖合で捕れる魚を芝魚と呼んでいた。

音次郎は機を見て、右側の漁師町に折れた。足を速め、すぐ路地に入り込む。さらに右に左にと路地を抜けて、浜辺に出た。引きあげられた舟の陰に身を寄せ、あたりに目を凝らした。

どこかで犬がさかんに吠えていた。

打ち寄せる潮騒《しおさい》の音……そして、風。

砂の上をころころ転がってゆくゴミがある。

物置場の陰からひとりの男が現れた。腰に大小を差した侍だ。そして、そのそばにもうひとり、こっちは刀を差していない。

もっといるはずだ。音次郎は息を殺し、まわりに目を凝らした。

いた。自分の後ろだった。鹿島明神社の石垣の上に黒い影が立っていた。

男は双眸を光らせると、ひらりと宙に舞い、砂地に音もなく下り立った。

「逃げられぬぜ」

と、五、六間先の暗闇からもうひとりの侍が、ぬっと姿を現した。

長身痩軀の男で、すでに刀を抜いている。

音次郎は舟を背負ったままでは不利であるから、鯉口を切って横に動いた。

七

「おぬし、何ものだ？」

男が声をかけてきた。

音次郎は隙を窺いながら男との間合いを詰める。

「いえ」

男が脇に構え、間合いを詰めた。その差は三間。

じりっと、砂を足で噛んだ音次郎は動きを止めた。

風が足許の砂をさらさらと流した。

「いわぬか……」

「……冥府《めいふ》より遣わされしもの。極悪非道の輩を斬って捨てる」

「なんだとぉ」

男の口が奇妙にねじ曲げられたその瞬間、ひそかに顎《あご》の紐《ひも》を緩めていた音次郎は体をひねりながら深編笠を脱ぐなり、それを男に向かって投げた。

回転する深編笠は風音を立てながら、闇のなかに弧を描いて飛んでいった。

「とおっ！」

男が深編笠を斬ったその刹那、音次郎は砂地を蹴って、大きく前に飛び、刀を横に振り切っていた。

どすっと、肉をたたく鈍い音がして、男の体がゆっくり前のめりに倒れ、砂埃が舞いあがった。

音次郎は即座に構えなおした。すでに接近していた男がいたのだ。匕首を手にした男である。飛びかかろうとしたところで振り返られたので、びくっと肩を動かして一歩後退した。

音次郎の双眸が月明かりを照り返し、銀色の光を放った。脇構えからゆっくり刀の切っ先を下に向け、じりじりと間合いを詰める。柄を握りなおし、すうと息を吐き肩の力を抜く。射るような視線は相手の目から離れない。

男は下がりはしないが、当初あった殺気が弱まっている。臆しているのだと、音次郎にはわかった。一気に決着をつけるべきだった。

ささっと、足裏で砂を払いながら間合いを詰めると、案の定男は下がった。男の額に粟粒《あわつぶ》のような汗が浮かんでいた。

「権佐はどこにいる？　教えれば命はもらわぬ」

音次郎は腹の底から低い声を絞りだした。

「あんたに恨みなどないんだ」

男は無言だ。返事をする代わりに、さらに下がった。

「逃げるか……」

そのとき、男の目がちらりと横に動いた。

音次郎はとっさに危機を感じ取った。もうひとりの男が背後に回り込んでいたのだ。

音次郎は着物の袖《そで》をひるがえして一回転するなり、腰間からすくいあげるように、刀を斜め上方に振りあげた。

ざっと砂を蹴る音と衣擦《きぬず》れの音が重なった。

音次郎の必殺の斬撃は相手が大きく飛びすさったのでかわされたが、間髪をいれずに追い打ちをかけ、上段から袈裟懸けに刀を振り下ろした。

相手の肩から胸をざっくり斬っているはずだった。だが、そうはならなかった。男は俊敏に跳躍するや、反撃の剣を振り下ろしてきた。

がちっと、その刃を跳ね返し、後ろに下がった。息があがった。

一度大きく息を吸い、吐きだす。

激しい動きはしていないが、精神を集中して一動作を行うので、傍目で見ている以上の体力を消耗する。さらに足場の悪い砂地である。

匕首の男が右に控えた。隙を窺い、一度失った闘争心を再度みなぎらせている。

右に匕首の男、前に下駄のように四角い顔。

先に動いたのは匕首の男だった。上段から下ろした刀を途中で止めるなり、鋭い突きを入れてきた。音次郎は払ってかわそうとしたが、その瞬間、前にいる下駄面が胴を打ち抜くように斬り込んできた。

挟み撃ちの恰好になった音次郎は逃げるしかなかった。後ろに跳ね飛んだが、砂に足を滑らして尻餅をついた。俊敏に起きあがりはしたが、そのとき顔に勢いよく砂粒がぶつかってきて、一瞬視界を失った。

目をこじ開けたが、相手の姿がぼやけて見えた。それでも必死になって身構え、相手の斬撃を刀の峰で打ち払った。

火花が散り、匕首の男の体が泳いだ。

「退け。退くんだ」

「しかし……」

「退け」

音次郎は青眼に構えたまま、逃げてゆく二人の男を見ていた。追わなければならないと思い、数間ほど小走りになったが、砂の目つぶしを受けたので目が霞んでいた。足を止め手の甲で目をこすり逃げる男たちの姿を追った。やがて、その影は闇のなかにすうっと溶け込むように消えていった。

第七章　死闘

一

名無し飯屋は雑然としていた。

うらぶれたなりの浪人、一目で人足とわかるむさ苦しい男、景気の悪そうな遊び人風の男……客はそんなものばかりだった。

それでも七、八坪の入れ込みは、七割方が埋まっている。音次郎が店に入るなり、人相の悪い何人かの男が無遠慮な目で見てきたが、すぐに興味なさそうに自分たちの話に戻った。険悪な声でがなり立てているものがいれば、下卑《げび》た声で笑っているものもいる。

「待ったか」

音次郎は入れ込みの上がり口にいた吉蔵の前に座った。

「そうでもありません。……旦那のほうは何かありましたね」

吉蔵はすすっていた茶漬けを置いて、言葉を足した。

「深編笠もなしで……」

「おそらく権佐の仲間だろう。おれたちの見張りはとうに気づかれていたようだ」

吉蔵は白濁した目のほうを細めた。

「あの小間物屋を出てから尾《つ》けられた。店のものが告げ口したとは思えないから、どこかでおれたちのことが知られたのだ」

「尾けられてどうしました？」

音次郎は芝浜に誘い出してからのことを話した。その間に、店の女が注文を取りに来たので酒と適当な肴《さかな》をたのんだ。

「二人は侍だったが、ひとりはそうではなかった」

「その男が……」

「いや、わからぬ。ただ、権佐でなくてもその仲間と考えていいだろう。それから、吉蔵」

音次郎は目顔で、自分の後ろに誰かいないか問うた。

「どうしました？」

「こっちに来る途中で気づいたのだが、また尾けられているような気配があった。しかとはわからぬが……」

尾行されているのではないかと思ったのは、日本橋を過ぎたあたりだった。だが、その気配はすぐに消えた。そしてまた、大橋を渡ってすぐそんな影を目の端でとらえたのだが、錯覚だったかもしれない。

「どうしやす？」

「気のせいかもしれぬが……尾けられていれば、今も表で張っているはずだ」

「あとで様子を見ましょう」

「うむ」

音次郎は酒をなめた。

「これが竹松の人相書きです」

音次郎は渡された人相書きにじっと視線を落とした。どこかで見覚えが……。人相書きを食い入るように見ながら記憶の糸をたぐり寄せた。

目つきはよくないが整った顔立ちだ。鼻筋が通り、やや顎が尖《とが》り気味である。耳の下に小豆大ほどの黒子《ほくろ》があるが、そう目立ちはしないだろう。

「町方のほうですが、竹松の尻尾《しっぽ》はまだ何もつかんじゃおりません。お千代が口にした竹松の家もあたったようですが、その町に竹松らしき男は住んでいないということでした」

「竹松が権佐の一味だということは……」

音次郎は人相書きを見ながら訊ねた。

「町方は権佐と竹松のつながりには気づいていません。あっしもつながっているのかどうか、半信半疑のところはありますが……」

「いや……」

音次郎は顔をあげた。

「おそらくつながっていなければならない」

「それは……」

「思いだした。この竹松におれは会っている。笹やの近くだ」

「ほんとに……?」

吉蔵は眉根を寄せた。店の奥で酒に酔った客の怒鳴り声がした。

「二日前の夕刻だ。初めて笹やに行き、おれが宗八を尾け、おまえが笹やに忍び込んだあとだ」

吉蔵の目が、はっと何かを思いだしたように動いた。

「……あの男」

「やつだ。やつが竹松だったのだ」

「それじゃ、やはり竹松は漁り火の権佐と……」

「そうだ」

音次郎は店の板壁を凝視した。安普請の板壁は煤《すす》けており、ところどころが剝げかかっていた。天井の隅には蜘蛛《くも》の巣が張っている。

酔った客を取りなしている声が聞こえた。

「おれが尾けられているのだったら、そいつの裏をかき、尾け返すというのはどうだ」

「名案です」

吉蔵は小さく膝をたたいた。

二人は勘定をすますと、店を出た。ただし、吉蔵は店の裏から表に回り、音次郎のずっと後ろにつくことにした。

夜の風は冷たくなっていた。音次郎は襟をかき合わせた。

何気なさを装い、背後に神経を尖らせて六間堀に架かる山城橋を渡った。頰被《ほおかぶ》りをした私娼《ししょう》がすうっと寄ってきて「ねえ」と、猫なで声をかけてくる。

音次郎は見向きもせず歩く。なにさ、と不満の声がうしろでした。

林町河岸に出ると、そのまま竪川《たてかわ》沿いに歩いた。ここは一本道である。尾けて来るものがいればすぐにわかるはずだ。音次郎はまっすぐ前を向いたまま歩きつづける。

河岸場は夜の闇にひっそり沈んでいる。竪川にも舟は行き交っておらず、町屋の明かりが映り込んでいるぐらいだ。暗い川面はまるで菜種油でも流したように見えた。

三ッ目之橋を渡り本所緑町に入る。こちらの岸も河岸場がつづく。川を引き返したのでは、尾行者にこっちが気づいていることを教えることになるので、そのまま町屋に入った。町屋を抜ければ、あとは武家地となる。

歩きながらおきぬのことを頭の隅で考えた。今ごろは遅い帰りを心配しているだろう。今朝も家を出るとき、心許ない顔で見つめてきた。

「行ってらっしゃいませ」

といったあとで、気をつけてくださいと言葉を重ねたが、そのときの顔は小心な兎《うさぎ》のように心配げであった。

町屋に入った音次郎は目についた一軒の居酒屋に飛び込み、櫺子格子《れんじごうし》のそばに腰をおろした。店のものがすぐにやってきたので、聞かれる前に酒だといって格子の陰から外を窺《うかが》った。どこからともなく三味線の音が聞こえてきた。

千鳥足で家路につく職人や、風呂敷を抱え急ぎ足で歩く女がいる。どこかできこしめした侍の姿もあった。野良犬が通りを横切ったとき、ひとりの男の顔があわい提灯の明かりに浮かんだ。

音次郎は息を呑んで、その男に目を凝らした。

竹松……。

胸中でつぶやいたとき、酒が届いた。

二

権佐は気分の悪さを隠そうとはしなかった。

留造の話を聞くなり、湯呑み茶碗を投げつけ、ついで煙草盆も足で蹴った。障子が破れ、畳には煙草の灰が散らばっていた。

「……三人も揃っていながら、仕留めることができなかっただと」

権佐は充血した目で塚松和十郎と平野原角蔵をにらんだ。

「おまけに榎本三衛門を倒されて……それで、よくのこのこ帰ってこれる面があるな」

塚松と平野原は唇を噛んでうつむく。

権佐は留造にも苦言を呈した。

「竹松に尾けさせたのはいいが、なぜひとりで行かせやがった。もし、やつが感づかれて縄でも打たれりゃどうなる？」

「……………」

留造は黙り込んだまま声を返せない。

「この家が知れるのはおろか、おれの面も割れることになる。そうじゃねえか。とんだヘマをこきやがって……」

重苦しい沈黙が室内を支配した。

そんなことにはかまわず権佐は思案をめぐらした。怒鳴ってばかりでは埒《らち》の明かないことはよくわかっている。ここで大事なのは先を読むことだった。足袋《たび》先の親指をつかんだり捻りまわしたりして、どう動けばいいか冷静に考えた。

「留造……」

「へっ」

留造は小さな目をしばたたいた。

「竹松はすばしこいやつだ。よもや相手に気取られるとは思わねえが、万が一ってこともある。ここを払ったがいいんじゃねえか」

「……いつです？」

「たった今からだ」

「もう少し待たれたらどうです。竹松が先刻の男の居場所を突き止めて帰ってくれば、闇討ちをかけることができます」

「そんなこたあいわれなくったってわかっている。だいたい、その二人組はなにもんなんだ？　町方か、それとも火盗改めか？　どっちなんだ？」

「よくはわかりませんが、どちらともいえます」

「野郎は、冥府より遣わされしものなどと、のたまいやがりました」

いったのは塚松和十郎だった。

権佐は塚松をにらんで、舌先で唇をなめた。

「……冥府より。……ともかく、これから大盗《おおづと》めをやろうという矢先に……」

「もうすぐ竹松が戻ってくるかもしれません」

「留造、やつのことは待たねえ」

「どうするんです」

「今は大事なときだ。おれは何がなんでも大黒屋に入る。その支度を大急ぎでやらなきゃならねえが、その前におれを嗅ぎまわるその男たちを始末するのが先だ」

「もっともなことで……でも、ここを払うとなれば……」

「宗八、見つけてきた連絡場はどうなんだ。これから移れるのか？」

権佐は部屋の隅で小さく縮こまっている宗八を見た。干し柿のように黒くてしわくちゃの顔があがった。

「頭《かしら》と二人ぐらいなら何とかなるでしょうが、明日の朝早く大家がやってくることになっております」

「それじゃまずいな」

権佐は宙の一点を見据えた。

自分とこの仲間のことはあまり世間に知られてはならない。大盗めの前でもあるし、なおさらのことだ。

権佐はまわりの男たちを眺めた。二人の用心棒と留造、そして宗八。これに金蔵の錠前を開く鍵師の与吉《よきち》の他に、弥之助《やのすけ》と太兵衛《たへえ》が加わる。いざ盗みに入る際には仲間以外の助働《すけばたら》きも頼むことになる。

助働きのものはあとでいいが、自分を入れて八、九人の隠れ家が必要だ。

「宗八、この近くでいいが人目につかない大きな家はないか……隠れ家にできるような家だ」

宗八は目をしょぼつかせて、

「それなら二本榎《にほんえのき》に一軒あります」

「今から使えるか……」

「へえ、人の住んでいる百姓家ではありますが……」

「それならその百姓には死んでもらおう」

権佐の目が冷酷な蛇のように光った。

「それじゃ移りますか？」

「早速だ」

権佐は蹴るようにして立ちあがった。

「みんなこの家を移るが、留造、それから塚松、二人はこの家を見張るんだ。竹松が帰ってきたとき、金魚の糞みたいに野郎を連れてきていたらことだ」

「そんなやつがいなければ……」

留造も腰をあげた。

「二本榎の百姓家に来るんだ。竹松からはおれを狙う野郎のことも聞きたいしな。宗

八、留造にその家の場所を教えるんだ」
権佐が棲家を出たのは、それからすぐのことだった。

三

そのころ、竹松は伊皿子坂《いさらござか》に引き返していた。

件の男を途中まで尾けることはできたのだが、本所に入って見失ってしまったことが悔やまれてならない。

「それにしてもあの野郎、どこに行きやがったんだ」

足を急がせる竹松は、叢雲《むらくも》から吐きだされる月を恨めしげに眺めた。風は冷たいが歩き詰めの竹松には心地よかった。

それにしても腹が減った。どこかで蕎麦《そば》でもすすりたいと思ったが、適当な店がなかなかない。屋台でいいのだが、こんなときにかぎって見つけられなかった。

「飯は帰ってからでいいだろう」

ぶつぶつ独り言をいう竹松は、尾けた男のことを考えた。

町方の同心なら八丁堀に帰るだろうと思ったのだが、そうではなかった。それじゃ火盗改めかと思いもするが、どうも解せない。

今の火付盗賊改方の長官は長谷《はせ》川《がわ》平《へい》蔵《ぞう》宣以《のぶため》で、清水門外に役宅があるのがわかっている。火盗改めの探索方ならその役宅に行くか、四谷の組屋敷のはずだ。それなのに、あの男は本所に足を運び、姿を消した。

　ひょっとすると本所にいい女がいるのかもしれないと、竹松は勝手なことを想像した。

　本所に家を持つ火盗改めの同心か……。

　そうかもしれないと思いもする。本所は町屋より武家地が多く、火盗改めの同心や与力が住んでいてもおかしくはない。

内部のことまで知らない竹松はそう推量するしかなかった。

　ともかくやることはやったのだから頭に咎《とが》められることもないだろうと、竹松は自分を慰めもする。それにしてもあの男、榎本三衛門をただの一撃で倒してしまった。

　また、塚松和十郎を前にしても、少しも動揺せず、対等に渡り合った。それにあのときの気迫は尋常でなかった。塚松はおそらく負けると思ったから、退散したに違いない。

　その本人は仲間がひとり倒されたので、今夜は相手の腕を見るにとどめたといったが、そのくせ仲間の死体は放ったままだ。

「あの用心棒、使えねえんじゃねえか……」

竹松はそう思いもする。

浜松町を過ぎ、金杉橋《かなすぎばし》を渡りはじめたとき、いきなり横合いから強い海風が吹いてきて、着物の裾《すそ》が大きくまくりあげられた。


伊皿子坂の棲家を出た権佐は、二本榎から下高輪の坂を下り宗八のいう百姓家に向かっているところだった。

二本榎は上行寺《じょうぎょうじ》という古刹に、文字どおり二本の大きな榎があるから、そのあたりを土地のものがつけた地名でもあった。また、この二本榎から白金台、品川台、大井村あたりまでを高輪《たかなわ》ヶ原《がはら》と呼んでいる。

「あの家です」

宗八は一軒の百姓家をさした。

畑地に囲まれたところに雑木林があり、その近くに藁葺《わらぶ》きの家があった。表通りから横道を一町ほど入り込んだところで、人の通りは少なそうだ。隣家ともかなり離れており、なるほど隠れ家には恰好と思われた。

「まあ、長くいるような家じゃないから、ここで悪くねえだろう」

権佐は顎をなでてその百姓家の庭に入った。戸板の節穴から、家の明かりがかすかにこぼれていた。近くの林が風に騒ぎ、庭にいた鶏が鳴き声をあげた。

「平野原、ちょいと刀を貸してくれねえか」

権佐は平野原角蔵を見た。

「何に使うんです？」

「使い道はひとつしかないだろうに。貸してもらえるか……」

平野原は気乗りしない顔だったが、仕方なく大刀を鞘のまま帯から抜こうとした。

「いや、抜き身でいいんだよ」

権佐はそのまま平野原の刀を鞘から抜いて、戸口に立った。

「こういったことには手間暇かけたくねえからねえ」

そういうなり、目の前の戸板を思い切り蹴った。

耳が割れんばかりの音がして、戸口の引き戸が土間に倒れた。

居間にいた年寄りと若い夫婦が尻を浮かし、びっくりした顔で振り向いた。奥座敷ではいきなり赤子が泣きはじめた。

「邪魔するぜ……」

権佐は刀を下げたままずかずかと家のなかに入った。家のものは突然のことに泡食っていたが、尋常でない権佐の殺気に恐れをなし、顔色を変え、

「な、何用です」

声を震わせたのは若い亭主だった。

「ちょいとこの家を空けてもらおうと思ってな」

そのとき権佐は草履のまま居間に躍り込んでいた。

「な、なにを……うわっ……」

権佐はいきなり刀を振り抜いていた。

若い亭主の首から血飛沫《ちしぶき》が噴きだし、障子に飛び散った。驚愕に目を剝き、後ろ手をついた年寄りの胸に、権佐は刀の切っ先をぐさりと突き入れた。年寄りはとっさに防ごうと刀を握ったが、その指がぼろぼろとこぼれ落ちた。

あとは四肢をびくびく震わせながら力をなくしていった。

「きゃあー!」

若い女房が絶叫したのはそのときだった。同時に立ちあがって、奥の間に逃げようとしたが、権佐はその背中に一太刀浴びせた。

「あうっ」

背中を斬られた女がよろめいて振り返った。

権佐はその顔を斜めに斬りつけた。右目がめくれ、鼻が削げ落とされた。血潮が迸《ほとばし》ると、女は膝から崩れて畳を掻きむしり、両足を痙攣《けいれん》させて息絶えた。

権佐は一度血刀にふるいをかけると、そのまま奥の間に進んだ。泣きわめいている赤ん坊のいる部屋だ。

権佐はその赤ん坊の前に立ち、一度宗八と平野原を振り返った。二人とも青ざめた顔をしていた。

「荒っぽくやるのは仕方ねえんだ」

権佐は片頬ににやりと笑みを浮かべると、そのまま赤ん坊の胸にさっきの老人と同じように刀を埋め込んだ。

激しく泣いていた赤ん坊は、「うぎゃあっ」と短い声を発して、そのままおとなしくなった。

「……殺生はしたくなかったんだがなァ。おれの虫の居所が悪かったのが運のつきだ」

権佐は何事もなかったかのようなすまし顔で、平野原のそばにゆき、たっぷり血糊のついた刀を柄《つか》のほうから返した。

「汚しちまったが、悪く思わねえでくれ」

自分の刀を受け取る平野原角蔵の手は小さく震えていた。

四

おきぬは小さくなった囲炉裏の火を見つめていた。

ちろちろ燃える炭は白い灰になって剝がれて落ち、そこにまた赤い火が生まれか弱い炎が立った。

さっきからカタカタと戸板が風に揺れている。

どこからともなく入り込んでくる隙間風が、燭台の炎を揺らした。

おきぬは何度も戸口のほうを見て、まだ旦那さんは帰ってこないと胸中でつぶやく。

吉蔵と出かけているのはわかっているが、何か不吉なことが起こっているのではないかと気が気でなかった。

夕餉《ゆうげ》の支度はとうにできていたが、それも冷めてしまった。囲炉裏のそばには酒の用意も整っており、音次郎がいつ帰ってきても一息つけるようにしてあった。

表に足音が聞こえたような気がした。

帰ってみえたのかも……。

おきぬは、はっと胸に手をあて、目を見開いて耳をすました。

笛のような風の音と落ち葉の転がる音がした。気のせいだったのかと思ったが、そっと立ちあがって土間に下り、それから戸口の前に行った。

もう一度耳をすまして、表の気配を窺った。人のいる様子はない。

引き戸に手をかけそっと開けてみた。黒い闇が広がっているだけだった。庭の向こうにある垣根を見た。

人の気配はない。夜空に数え切れないほどの星がまたたいているだけだった。

怖い……と思った。

この家に来て、そんなことを感じたことはなかった。音次郎がしばらく家を空けているときも、不安や恐怖心を抱いたことはなかった。だけれど、今夜だけは妙に胸が騒ぎ、落ち着かなかった。

戸を閉めて、居間に戻り、冷めた茶に口をつけた。我知らずため息が漏れる。

いったい、旦那さんは今ごろどこで何をしているのだろうか……？

危険な役目についているのは重々知っているけれど、どうか無事に帰ってきてほしいと祈らずにはおれなかった。このままひとりでいるのには耐えられない。

ときどき、どこかに逃げてしまおうかと思うときもあるが、

「逃げるのは勝手だが、逃げても無駄だぜ。おまえは必ず捕まる」

と、吉蔵に凍りつくような冷たい目でいわれたとき、おきぬは金縛りにあったように身動きできなかった。

そして、自分は決して逃げられないのだと悟った。逃げても囚獄の手がどこまでも伸びてくるような気がしてならない。そんな恐怖を味わうなら、逃げずに今の暮らしに甘んずればいいと思うようになった。

それに、音次郎が悪い人間ではないというのがわかった。これまでの誰より、やさしいとさえ思う。どこか醒めたような顔をしているけれど、あの瞳の奥に人の気持ちを思いやるという心が見える。

何度も裏切られてきたおきぬには、そのことがわかった。それに、音次郎には愛する妻と子を殺されてしまったという深い悲しみがあり、間違って人を殺《あや》めたという悔恨もある。

その話を聞いたとき、音次郎の顔にまざまざと苦悩がにじんだ。

そうあのときからだ、とおきぬは思った。吉蔵に人の世話をするのだと、わけもわからずこの家に連れてこられたのだが、音次郎の過去を聞いたとき本心からこの人の

ために尽くそうと思った。

おきぬは音次郎にいわれた言葉を思いだした。

——二人とも命拾いをし、生まれ変わったようなものだ。

本当にそうなのだと思う。

湯呑みを両手で包んだまま遠い目で宙の一点を見つめた。

「旦那さん……」

小さく唇を動かして、無事に帰ってきてくださいと祈った。


音次郎は竹松の動きを窺っていた。

伊皿子坂を登った竹松は笹やのある通りには見向きもせず、そのまま坂を登り左側の町屋に入って行き、道仕寺下《どうじゅうじ》にある一軒の家に向かった。

竹松は音次郎と吉蔵に尾け返されていることに、まったく気づいた素振りはなかった。

「あいつ何をしてやがるんだ」

闇のなかで目を光らせる吉蔵が声を漏らした。

「……あの家こそが、権佐の隠れ家ではないか」

「でも家の前で立ち往生しています」

たしかにそうだった。竹松は何度か戸口の前で、ひそめた声をかけたが応答がないらしく、まわりに視線をめぐらし、家の外に取り残された恰好になっている。

音次郎と吉蔵は竹松のいる家から半町ほど離れた、搗《つ》き米屋《ごめや》の軒下に身をひそめていた。身を隠すのに十分な天水桶と大八車が置かれており、竹松に気づかれる恐れはなかった。一本脇道を入ったその通りは閑散としており、人の姿もない。

落ち着きなく家の前でうろついている竹松の姿が、蒼い星明かりのなかに浮かびあがっている。首をひねったり、草履で地面を蹴ったり、そして舌打ちをしている様子だ。

音次郎はまわりに視線を這わせた。町は闇に包まれており、人の影はない。坂下から吹き上げてくる海風が木々の枝や葉を大きく揺らしていた。

「……このことをどう思う？」

音次郎は竹松の黒い影を凝視しながら吉蔵に訊ねた。

「どうって……」

「権佐はおれたちのことに気づいていた。そう考えてもいい」

「……たしかに」

「だからおれを尾けて闇討ちをかけてきた」

「…………」

「しかし、手下をひとり殺され、おれに逃げられた。……やつは焦っているはずだ。おれたちの正体も知りたいと思っているだろう」

　吉蔵が何をいいたいのだという顔をした。

「竹松がしつこくおれを尾けて来たのは、おれの行き先を突き止めることがもっとも大事なことだろうが、おれたちの正体を知るということもあるはずだ」

「まあ、そうでしょう」

「権佐は竹松がおれを尾行していることを知っているはずだ。やつが直接指図しているならなおさらのことだ」

　音次郎は竹松の黒い影を見ながら低い声でつづけた。

「権佐は御番所や火盗改めの連中にも尻尾を出していなかった。それだけ用心深い男だ。となれば、竹松が帰ってくる場所をいやがっているかもしれぬ」

「どういうことで……」

「竹松が尾行にしくじったときのことを権佐は考えるはずだ。しくじり、おれたちに隠れ家のことを口にすれば、権佐は自分で自分の首を絞めることになる」

吉蔵がなるほど、とうなった。

「権佐はこの家に戻ってこいと竹松に指図はしたが、竹松がしくじったときのことを考えて、他に移ったのかもしれぬ」

「……しかし、竹松がしくじらなかったら権佐は、自分の知りたいことを知ることができなくなります」

「大事なのは、そこだ」

音次郎は眉間にしわを彫り、あたりに警戒の目を配った。

「権佐が手下をこの近くに待たせているかもしれない。竹松が無事に帰ってきたとしても、権佐はしたたかな男だろうから、十分な注意を払っているはずだ」

「それじゃ……」

吉蔵も周囲に目を配った。

「もう感づかれているかもしれないが、下手に動くな」

一段と表情を引き締めた音次郎は、すうっと息を吐いた。

留造はそろそろよいだろうかと思った。

さっきから家のなかで息をひそめていたが、竹松が妙なおまけを連れ帰ってきてい

ないのはわかった。雨戸の隙間に目を凝らしている塚松和十郎も、

「いいのではないか」

と、小声でささやく。

「用心するに越したことはないだろうが、それにも程ってものがある」

「じゃあ開けますか……」

留造が足音を殺して土間に下りたとき、見廻りの拍子木の音が聞こえてきた。町内の木戸番の夜警だとわかる。

留造は引き戸の小さな節穴に目をつけて外を窺った。

ぶつぶつ愚痴をこぼしている竹松の声が聞こえ、その姿が狭い視界のなかを行ったり来たりしている。

留造は竹松の焦りがおかしく、くすっと小さな笑いを漏らした。

「ちくしょう。いったいどこ行っちまったんだ。待っててもしょうがねえか。腹は減るし、寒くなってはくるで、これじゃ踏んだり蹴ったりじゃねえか」

留造は竹松のぼやきがおかしく、しばし笑いを堪《こら》えるのに苦労した。だが、竹松があきらめて帰りそうになった。

「待て……竹松……」

ささやき声で呼びかけると、背中を向けた竹松の肩がぴくっと動き、ゆっくり顔が振り向けられた。

「大きな声を出すんじゃない」

「何だ、いたんですか。だったら早く入れてくれりゃいいのに」

「しっ、声が大きい。誰にも尾けられていないだろうな」

「何いってんです。おれが尾けて行ったんですぜ」

「そんなのはわかってる。ほんとに尾けられてねえな」

竹松は背後を振り返って、通りを見やった。それから戸口に近づいてきて、

「そんなことはありませんよ」

「それじゃ裏にまわりな。そっちを開けてやる。いいか、急ぐんじゃねえぞ」

「わかってますよ」

留造は台所横の裏口を開けて、竹松を家のなかに入れた。

「頭は……？」

「よそに移った」

「何でです？」

「それより、あの男はどうした？」

「それが、途中で見失っちまって……」

竹松は顔をしかめて頭を掻いた。

「気づかれたのか？」

「そうじゃないと思うんですが……とにかく本所まで行って、そこで見失っちまったんです」

「本所……」

留造はなぜ本所なのだと思った。町方なら八丁堀に帰るのがあたりまえだし、火盗改めだったら大方四谷の組屋敷か清水門外の役宅に帰るはずだ。

「おかしいな。おれたちのことを探っているのに、本所に行くとは……。あっちにおれたちの仲間はひとりもいない。てんで見当違いの方角じゃねえか」

「おれもそこんとこがおかしいと思っていたんですが……」

「ま、それならそれで仕方がねえだろう。とにかくお頭んとこに行こう」

五

音次郎は不審感を募らせていた。

竹松は痺れを切らして去ろうとしたが、そのとき何かを思いだしたように戸口のところに後戻りし、しばらく佇《たたず》んでいた。誰かとやり取りをしているようにも見えた。そして家の裏に回り込んで、なかなか戻ってくる様子がない。

「吉蔵、あの家の裏に道があると思うか？」

音次郎にはこの辺の土地鑑があまりない。聞かれた吉蔵も首をかしげるが、

「あの家はこの通りのどん詰まりだと思いますが……それに片側は寺の石垣がぐるっとめぐっているし……」

たしかにそうだった。しかし、自分たちの知らない細い道があるのかもしれないと音次郎は考えた。

「逃げ道があるかもしれぬ。権佐の隠れ家だとしたら、そんな道があってもおかしくはない。そうは思わぬか」

「……そういわれれば」

「どうする？」

そのとき寺の鐘が鳴らされた。四つ（午後十時）の鐘だ。

鐘が鳴り終わるのを二人は待った。夜のしじまにその鐘音が吸い込まれて消えてゆくと、代わりに梟《ふくろう》の鳴き声が聞こえてきた。

「あっしが見てきます」

「気をつけるんだ」

天水桶の陰にしゃがみ込んでいた吉蔵が腰をあげたときだった。件《くだん》の家から男の影が現れた。音次郎はとっさに、吉蔵の袖《そで》を引っ張った。

家の裏から現れたのは三人だった。ひとりは大小を差している。

音次郎と吉蔵は息を殺した。

「やつら、家のなかにいたんだ」

「他にもいるかもしれません」

「うむ……」

音次郎は家を離れ、通りをこっちに歩いてくる三人の男たちに目を凝らした。ひとりは竹松だとわかる。そして、刀を差した侍は今夜自分に闇討ちをかけてきた男のひとりだった。それじゃ、もうひとりが……権佐か……。

三人の足音が高まり、その姿が近づいてくる。音次郎は大八車の陰で、身を低くして気取られないようにした。吉蔵も天水桶の陰にぴったり身を寄せている。

通りは星明かりと月明かりに照らされている。闇に慣れた目は、相手の顔を見分けることができた。

三人が音次郎たちの隠れている前を通り過ぎていった。もうひとりの男は手代ふうのなりをしていた。

留造だ。

人相書きを飽きるほど見ていた音次郎は、すぐぴんと来た。

やがて、その三人の姿が伊皿子坂の通りに出て左に折れた。

音次郎は中腰になって、吉蔵を見た。

「追うんだ」

潮見坂の急坂を登り切った留造は息を切らして、二本榎の通りを左に折れた。そこから例の百姓家まで四半里強の道程だ。

坂を登り切ったところで、海風が緩やかになった。自分たちの歩く姿が月影となっている。通りの右手は細川越中守《えっちゅうのかみ》中屋敷だ。立派な土塀が延々とつづいている。その壁に自分たちの足音が反響していた。

「それにしても遅くなったな。もう日が変わっちまう」

留造は荒れていた呼吸が整ったところで愚痴るようにつぶやいた。

「まったく長い一日です。……留造さん、その百姓家には食いもんぐらいあるでしょうね。昼から何も食ってないんです」

「食う前に頭にちゃんと話をすることだ」

「そりゃまあ、そうですけど……」

「頭の機嫌はあまりよくねえからな」

竹松の顔が瞬時に振り向けられた。

「ま、まさかおれに焼きを入れるんじゃないでしょうね」

「それはおまえの話次第だろう」

竹松は蒼白な顔で黙り込んだ。

「……ふふ、そう怖《お》じけるんじゃないよ。大盗《おおづと》めの前だ。頭は簡単に仲間をないがしろにするような人じゃないだろ」

「脅かさないでくださいよ」

竹松が安堵の色を取り戻したとき、黙然と後をついてきていた塚松和十郎が、

「二人とも黙れ」

「どうしました？」

留造が塚松を見ると、硬い顔をしている。前を向けと強く叱咤もする。

「誰かに尾けられている」

「嘘じゃない。さっきからおかしいと思っていたが、誰か尾けてくる」

「なんですって……」

「ほんとですか？」

竹松が目を丸くして聞き返した。

「こんなとき冗談がいえるか。尾けられているのは間違いない。ともかくこのまままっすぐ行くんだ。こっちが気づいたことを気取られるな」

留造は生つばを呑んで、面倒なことになったとぼやいた。

上行寺の門前町を回り込むまで、道はまっすぐの一本道だ。町屋の路地に飛び込んで尾けてくるものをやり過ごすこともできるが、それではこっちが気づいたことを相手に教えることになる。

「塚松さん、相手は何人です？」

「わからぬ。だが、ひとりか二人だろう」

「あっしらが逃げたら片づけられますか」

「そうするしかあるまい。だが、まだ慌てるな。せっかく向こうからやってくるのだ。十分に引きつけて相手をしてやる。例の百姓家はまだ先か？」

「つぎの辻を右に折れたらすぐのはずです」

「よし、そこを折れたらどこでもいいから隠れるんだ」

留造は硬い表情でうなずき、竹松を見た。

「しかし、いったい誰が……竹松、おまえやはり……」

「な、何です」

「おい、そこを曲がったら身を隠すのだ」

塚松の声で留造は前に顔を向け直した。右に折れる道に差しかかっていた。


「……気づかれたか」

十分な距離を取って尾行をしていた音次郎は、わずかに三人の足が速くなったのに気づいた。ちょうど、御府内一番札所になる高野学侶在番屋敷《こうやがくりょざいばんやしき》の前、上行寺門前町から右に曲がるあたりだった。

「見失ったらことです」

そういう吉蔵が足を速めた。音次郎も吉蔵に合わせて早足になった。

行く手の道に人の姿はなく、梟の声がこだましているだけである。空には明るい月と星。そして忘れかけたころに吹く風があるのみだった。

三人が折れた道のそばに来て、音次郎と吉蔵は歩度を緩《ゆる》めた。静かに呼吸を整え、耳をすまし、ふいをつかれてはならないと目を光らせた。竹松たちが見えなくなったことで、緊張感がいや増した。

二人は張りつめた顔で右の道に折れ、一瞬唖然《あぜん》となった。

差は詰めたはずだが、その道に人の姿はなかった。ただなだらかな下り坂が、月明かりに白っぽく浮かんでいるだけである。

「どこだ……どこに消えた……」

押し殺した声を漏らして、音次郎は足を止めた。

右手の町屋はひっそり夜の闇に沈み込んでいる。左側は松平大和守《やまとのかみ》下屋敷の長塀である。さらにその先も大名屋敷の塀となっている。

「近くの町屋に消えたか……」

音次郎は足音を忍ばせて進んだ。小さな音にも、敏感に耳が反応し、そのたびに黒い眼《まなこ》が動いた。我知らず刀の鯉口《こいくち》を切っていた。

やがて、上行寺の山門に曲がる道に差しかかった。そっちを見る。山門に聳《そび》える二本の大榎が黒い影となって夜空に浮かびあがっている。

どっちだ？

自問して右の門前だと見当をつける。両者の差は半町ほどだった。三人の姿が見えなくなって急いで追いかけたので、その差はかなり縮まったはずである。

その短い間に、姿を消すには直進するより、こっちの道に曲がるのが当然であった。

右は上行寺、左は九鬼長門守《ながとのかみ》屋敷。練塀づたいに歩き、上行寺の藪《やぶ》や竹林に注意の目を向ける。林のなかは漆黒の闇となっている。

風が竹笹の乾いた音を立てる。音次郎は五感を研ぎすましていた。その双眸は獲物を狙う鷹のように光っていた。

かさりと、小さな音がした。音次郎は瞬時に反転するや、そばにいた吉蔵を突き飛ばして、刀を抜いた。

六

権佐は広げた間取図に目を凝らしていた。改築の際に入り込んだ大工が作った大黒屋の図面である。

「金がうなっているのはここだ」

権佐は金蔵を指さして、舌なめずりした。

「家族と住み込みの奉公人だけで二十三人の大所帯だ。夜の間は泥棒よけに二、三人の用心棒が加わるから、始末しなけりゃならないのは少なくとも二十六人という勘定だ」

「始末するって……それは……」

平野原角蔵は驚いたように権佐を見た。その顔半分には燭台の明かりがあたっていたが、半分は影となっていた。

「皆殺しさ。生かしておきゃ後々面倒だからな。宗八……」

「へえ」

宗八はさっきから手を拭いていた。

その指と手拭いは真っ赤に染まっている。権佐が殺した死体を裏庭に移し、血で汚れた畳や床を拭いたからである。それでも障子や襖には血飛沫《ちしぶき》の跡が残っている。

「夜が明けたらおまえの探した連絡場《つなぎ》に一度行ってみよう。それから竹松に他の仲間を集めさせるんだ」

「それじゃ早速、取りかかるつもりで……」

「変な野郎にうろつかれちゃいるが、支度を整えることにする。平野原、大黒屋の用心棒は、岩本町にある寺尾道場の師範代並の腕を持ってると聞いているが、大丈夫だろうな」

権佐に見られた平野原角蔵は、力強くうなずいた。

「無外流ですな」

「遠慮なく叩き斬ってくれよ。そうでなきゃこっちの仕事ができねえからな」

「道場剣法に怖じ気づいてちゃ役に立てないでしょうに。こっちは何度も死ぬか生きるかの修羅場をくぐっているのだ」

「ふふ、頼もしい言葉だ」

権佐は広げていた間取図を、丁寧にたたんで懐にしまった。それから戸口のほうを見やり、留造らの遅いのが気になった。

「……やつら、ずいぶん遅いな」

「へえ、あっしもどうしたのかと思っていたところです」

宗八もそう応じて、しわ深い顔を両手で洗った。

漆黒《しっこく》の闇になっている竹林から飛びだしてきたのは、下駄面の男だった。芝浜で剣を交えたあの男だ。

砂地と違いその動きは尋常でなかった。だが、音次郎も足許のしっかりしている地面なので、本来の動きができた。

相手の初太刀を弾き返した音次郎は、月を背負って青眼に構えなおしていた。相手は下段の構えで、すり足で左右に動きながら隙を狙っている。

「こいッ」

音次郎は短く誘った。

くっと、下駄面にあるぶ厚い唇《くちびる》がねじ曲げられた。

そのとき、吉蔵が留造の襟をつかんで押し倒したところだった。

音次郎はわざと相手との間合いを外して、半間ほど後ろに飛び下がった。

「吉蔵、殺すな！」

留造を押し倒し、その背中に短刀を振り下ろそうとした吉蔵の手が止まった。

「生かしておけ。殺せば権佐の隠れ家がわからなくなる」

いわれた吉蔵は手にした短刀の柄をくるりとまわし、その柄頭を留造の後ろ首にたたきつけた。

留造は「うっ」と、短くうめいただけでそのまま気を失った。棒を呑んだような顔で突っ立っていた竹松が逃げだしたのはそのときだ。

「吉蔵、竹松を捕まえろ」

音次郎が指図をしたとき、目の前の下駄面が大きく跳躍した。まるで蝙蝠《こうもり》のように両袖をひるがえし、大上段から刀を振り下ろしてきた。音次郎は横に動いてその斬撃をかわすや、相手の後ろ首を狙って刀を振った。

がちっ。

鋼のぶつかる音がした。音次郎の必殺の剣が食い止められたのだ。だが、下駄面は半身になっており体勢が悪い。音次郎はその隙を逃さなかった。

一度受けられた刀を引くと見せかけ、そのまま軸足に十分な体重を乗せて前に飛びながら、裂帛《れっぱく》の気合を込めて刀を横に振り切った。右足が前に大きく伸び、背筋と刀の切っ先が一本の線となっていた。

下駄面は右手一本で刀を持っていたが、その指が力をなくして解けると、刀はゆっくり地面に落ちていった。ついで、下駄面はよろめきながら一歩進んだ。斬られた胸元がじわじわと血に染まり黒くなっていった。

音次郎が後ろに残していた足を前に戻したとき、下駄面は前のめりに倒れた。

「吉蔵……」

声を出して呼んだが、吉蔵は竹松を追いかけて暗い林のなかに飛び込んだところだった。がさがさと獣が騒ぐような音しか聞こえない。その闇のなかに音次郎は必死の目を凝らした。やがて、助けてくれと、竹松の悲鳴のような声が聞こえた。

「吉蔵、早まるな」

音次郎は注意を促して、林のなかに一歩足を踏み入れた。

そのとき、月明かりの道に竹松が転がるように飛びだし、つづいてその背中に吉蔵が覆い被さった。二人は揉み合いながら地面を転がった。

音次郎が二人を分けるために近づこうとしたとき、背後で人の動く気配があった。

気絶していた留造が息を吹き返し、大慌てで逃げだしたのだ。

「吉蔵、竹松を押さえていろ。やつを捕まえる」

音次郎は留造を追って駆けだした。

その差はすでに一町ばかり離れていたが、一本道である。留造を見失う恐れはなかった。だが、留造が松平丹波守《たんばのかみ》下屋敷を左に折れたところで、その姿を見失ってしまった。

右側には新堀川の支流となる小川が流れており、その向こうは百姓地だ。畑の畝《うね》が月明かりの下を走っている。

足を止め息を整えながらまわりを見た。留造は必ず近くにいる。

まさか川の中か……。

水は音もなく流れており、川面に映り込んだ月がゆらめいている。

川岸の藪が風にそよいで乾いた音を立てた。

じりっと足を動かして、人が隠れられそうな場所を探し、そのあたりに見当をつけてゆくが留造の姿はどこにもない。

川を越えて向こうの畑にひそんだか……。小川は一間ほどの幅しかないから、簡単に飛び越えることができる。

音次郎は助走をつけて川を飛び越えた。それから畑に目を凝らしてゆく。刀の組紐をほどき襷《たすき》がけにし、着流しの裾を端折った。

音次郎の乱れた髪が風にそよいだ。頬をつたい落ちる汗を手の甲で払い、さっと背後を振り返った。人の姿はなかった。ただ、自分の影が動いただけに過ぎなかった。

音次郎はかまわずに畦道《あぜみち》を進み、近くの木立のなかに入って自分の姿を闇に溶け込ませて、息を殺した。そのまま膝を折ってしゃがみ込み、付近に警戒の目を向ける。

留造が近くにいるのはわかっている。

やつからこっちの姿は見えなくなったはずだ。追われるものは冷静さを保つことが難しい。必ず焦ってその姿を見せるはずだ。

そのまま静かに刻が過ぎてゆく。

小半刻……そしてまた小半刻……。

こうなると、根比べである。林の奥で梟が鳴き、遠くで犬の鳴き声がした。あとは吹き渡る風の音だけだ。

群青の空に浮かぶ雲が南から北にゆっくり動いている。ときおり月光が遮られ、地上が星明かりだけになった。周囲の風景に異変はなかった。

だが、三たび月が雲に隠れたとき、音次郎のいる木立から半町ほど先の畑にむっくり起きた人影があった。

留造は畑の畝と畝の間に這いつくばって、息を殺していたのだ。

音次郎はすぐには動かなかった。じっと留造の影を凝視し、十分な間を置いて再び追いはじめた。留造は権佐のもとに行くはずだ。

七

宗八は壁に背を預け舟を漕いでいた。

平野原角蔵も腕組みをしたまま目を閉じていた。

火鉢のなかで小さくなった火を見つめる権佐の目だけが、らんと輝いている。

遅い……遅すぎる……。

権佐は金火箸《かなひばし》で炭をいじった。いじりながら、留造から聞いたことをひとつひとつ丹念に思いだしていった。

相手は二人。自分を探り、そしてすぐそばまで迫ってきた男たち。町方とも火盗改めともわからないもの。その正体はわからないが、相手はかなり用心深く、そして着実に自分を追い込んでいる。

ひょっとすると、おれに恨みを持つものか……。

そんな野郎は掃いて捨てるほどいるだろうが、いかに執念深くてもおれに辿《たど》りつくことはないはずだ。だが、そんなやつがいないとはいい切れない。

ジジッと燭台の芯が鳴った。

権佐は、はっと目を瞠《みは》った。竹松を待つために留造と塚松和十郎を、伊皿子坂の棲家にやったが、戻りがこれだけ遅いということはあり得ない。

もっとも竹松が尾行に手こずっているということも考えられるが、そうでないということも考えるべきだ。

権佐は短く思案をめぐらして、ここにいるのは危ないかもしれないと思った。いや、危ないが、逃げてばかりでは相手の正体がわからない。

金火箸を強く握りしめ、血に染まった障子をじっと見つめた。

相手の人数はわからない。五人か十人か……。人が多ければ、逃げの一手であるが、留造と竹松から聞いた二人だけなら何とかなるのではないか。

目をつむって寝ているのか起きているのかわからない平野原角蔵を眺めた。

「……起きろ」

権佐はつぶやくようような声を漏らした。

もう一度起きろというと、平野原角蔵が目を開け、ついで宗八も目を覚ました。二人の視線が権佐に向けられる。

「留造が遅すぎる。万が一ってこともある」

「……まさか」

宗八が目をしょぼつかせた。

「おれを付け回すやつらがやってくるかもしれない。相手の正体を見るために、ここを出てこの家を張るんだ。単なる取り越し苦労かもしれねえが、どうも妙な虫が騒ぐ」

「それじゃ、今すぐに……」

「すぐだ」

権佐はすっくと立ちあがった。

留造は何度も背後を気にし、そしてまわりを見回して先を急いでいた。

追う音次郎は細心の注意を払っていたので、留造には気づかれてはいない。その留造は小川沿いに歩き、それから今里村の百姓地に入っていた。

雑木林があれば、畑のなかにぽつんと置き忘れられたように立つ枯れ木がある。

頭上に張り出した枝のある細道に入った。月明かりが遮られ、濃い闇になった。一瞬、留造の姿が消えたが、頭上の枝が切れたところで、再びその姿が見えた。

音次郎は足音を殺しながらあとを追った。やがて、留造は右に折れて大八車の轍《わだち》のある道に入った。その先に一軒の百姓家があった。

音次郎はそこで足を止め、大きな杉の木陰に身を寄せた。

戸口前に立った留造は一度後ろを振り返り、引き戸をたたいて小さな声をかけた。言葉を聞き取ることはできなかった。屋内から返答があったかどうかもわからない。

留造は戸に手をかけて、そっと開いた。土間奥に明かりはなかった。そのまま留造は家のなかに消え、戸が閉められた。

音次郎は闇の濃い木陰伝いに百姓家に近づき、裏にまわった。先の雨戸から小さな明かりがこぼれた。そのあわい光の先に浮かびあがったものを見て、音次郎は息を呑んだ。さらに血の臭いが鼻をついた。

用心して足を進め、月明かりを頼りにそれをたしかめた。

死体である。若い男女、そして年老いた男、その横には赤ん坊が転がっていた。どの目も虚空を見つめており、息をしていない。乱れた着物は血に染まっており、足許には血溜まりが出来ていた。

一瞬、自分の愛する妻と子が殺された、あの凄惨《せいさん》な現場が脳裏に浮かび、目の前の死体と重なった。

誰がこんなむごいことを……。

音次郎は刀の柄を強く握りしめ、奥歯を嚙んだ。とても人間の所業とは思えぬ。おそらく死体はこの家の家族なのだろう。

「頭……どこです？」

留造の声がしたので、音次郎は戸板の節穴に目をつけた。

蠟燭を手にした留造が、居間のほうから奥の間に行くのが見えた。

「頭、寝てるんですか。……宗八、いないのか……」

襖や障子の開けられる音がした。

「……妙だな、いったいどこ行ったんだ。……頭」

音次郎は確信した。

漁り火の権佐がここにいたのだ。

そして、この百姓一家を殺したのも権佐の仕業だろう。得もいえぬ憤怒が腹の底でぐつぐつと煮えたぎった。

音次郎はもう一度表にまわって様子を見ることにした。

そこを離れる際、赤ん坊の目が星明かりに光った。

音次郎は唇を噛んで、やるせなさそうに首を振った。

それは厠《かわや》のそばから表に戻ろうとしたときだった。闇を切り裂く短い閃光が見えたと思った瞬間、音次郎は自分の左腕に鋭い痛みを感じた。足を一歩引き、そのまま片膝をついて腕に刺さったものを引き抜いた。

手のひらにすっぽり入る差し添えと呼ばれる小刀だった。傷は深くないが、左手に痺れるような痛みが残っている。鯉口を切って立ちあがろうとしたとき、屋根の上から黒いものが降ってきた。

音次郎はとっさに横に転がって、素早く立ちあがった。

そこへ風をうならせる横殴りの刃が襲いかかってきた。半身になってかわしたが、頬の薄皮が一寸ほど切られていた。音次郎は相手の鋭い斬撃をかわすために、半間後ろに引いて脇構えになった。

左腕に痺れが走り、顔をしかめた。ここは我慢の一手だ。傷などにかまっている場合ではなかった。

相手が即座に間合いを詰め、切っ先を延ばし、鋭い突きを入れてきた。音次郎はその刀を擦りあげるように横に弾きざま、愛刀・左近国綱を袈裟懸けに振り下ろした。

かわされた。だが、これで両者の間に十分な間ができた。

男は小太りであるが、さっきの相手よりはるかに腕が確かだった。体に似合わず身が軽く、そして俊敏である。

音次郎は息を吸い、ゆっくり吐いた。剣先を相手の眉間にぴたりと向け、腰を落とし、後ろに引いた足のかかとをわずかにあげた。

相手は足の指先で地面を掻きながらじりじりと間合いを詰め、右に動いた。音次郎の剣先がそれに合わせて動く。

斬られた頬の傷から細い血の筋が流れた。双眸を厳しくして、相手の動きをじっと見守る。その相手はさらに右に動いた。そのとき、音次郎は男の背後に二つの影を見た。ひとりは宗八、そしてもうひとりは……おそらく権佐だろう。

目の端でそれを確認した音次郎は、つぎの一刀で勝負をつけようと思った。長い戦いは体力を消耗するし、今日一日歩き詰めで体にはかなりの疲れが溜まっている。

すっと息を吐き、柄を握る指にじわりと力を込め、半歩詰めた。相手は下がらずに刀を横に振り、牽制した。

音次郎は惑わされることなく、ひたすら相手の目を凝視する。

相手の体には殺気と気迫が横溢《おういつ》している。必ず獲物を仕留めるという強い意志を感じる。だが、気迫に押されてはならない。相手の肩がわずかに動いた。息を吸ったのだ。

その瞬間、音次郎は大きく間合いを詰め、逆袈裟に刀を振り切った。人間は息を吸うとき、わずかな隙ができる。それを見逃さなかったのだが、相手はその剣筋を見切ったように大きく下がった。

だが、逃がしはしない。音次郎は勢いをつけて一気に相手との間合いを詰め、胴を払うように刀を水平に振り切った。これもうまく体をひねられてかわされたが、音次郎は刀を振った瞬間、半回転して相手の斜め後ろに位置していた。

一瞬、音次郎を見失った相手の目に狼狽が走ったが、そのときには肩口に強い衝撃を受けていた。

音次郎の手許に、ずんと響くような手応えがあった。

相手は首をまわして音次郎に恨みがましい目を向けたが、そのまま横向きに倒れて動かなくなった。

家の戸口前に留造の姿があった。度を失った顔が月光に青ざめていた。

だが、音次郎ににらまれて懐に手を差し入れた。音次郎は血刀にふるいをかけながら地を蹴るや、一足飛びに留造の喉笛を斬り抜いていた。

留造の首が奇妙に折れ曲がり、血潮が迸《ほとばし》った。

間髪をいれず音次郎は権佐と思われる男に迫った。

その前に宗八が匕首を閃かせて立ち塞がったが、すでにその体は怖じ気づいていた。

「どけ、おまえが漁り火の権佐か……」

音次郎は宗八を無視して男に訊ねた。

身の丈五尺あるかないかの小男だった。凶悪な顔を思い浮かべていたが、実際はそうでもなかった。だが、目つきだけは尋常でない。

「そうよ、漁り火の権佐とはおれがことよ」

権佐は少しもひるんでいなかった。

「おめえはいったい……」

音次郎は刀を一閃させて、権佐の言葉を遮った。

直後、宗八が声も漏らさず膝から崩れ落ちて倒れた。権佐は一間あまり、後ろに飛び下がった。音次郎は宗八の死体を飛び越えて追いつめた。

「もう、貴様の逃げ場はない」

「ほざきやがれ。てめえはなにもんだ」

権佐は血走った目をぎらつかせた。

「冥府より遣わされしもの。極悪外道を闇に葬る刺客《しかく》。覚悟しろ」

「待て、おれと組む気はね……」

「問答無用ッ！」

音次郎は渾身の力を込めて、据え物を斬るように腰に十分な溜《ため》をつくって刀を振り下ろした。権佐の首が胴から離れ、弧を描きながら地面にごろりと落ちた。

両足を踏ん張り仁王立ちになった音次郎は、大きく息を吐きだした。

八

漁り火の権佐を倒した音次郎は、竹松を押さえている吉蔵の待つ上行寺の山門に戻った。

夜明けが間近なことを知らせる鳥のさえずりが聞こえるようになり、東の空がかすかに白みはじめてもいた。

吉蔵は後ろ手に縛りつけた竹松を地面に寝かせ、自分は石段に腰掛けていた。音次郎の姿を見ると、すぐに立ちあがり、

「遅かったではありませんか」

「……権佐は斬った」

吉蔵は驚いたように一瞬目を瞠り、

「死体は？」

「留造のあとをうまくつけ、権佐の隠れ家を突き止め、そこで不意打ちを食らったがどうにか倒すことができた」

「案内してもらえますか……あっしも一目権佐の面を見ておきたいんです」

「よかろう」

おそらく吉蔵は見届ける役目をになっているのだろう。音次郎は来た道を引き返して、さっきの百姓家に連れて行った。

庭に男たちの死体が転がっていた。

「ほ、ほんとに……頭が……」

縛られたまま連れてこられた竹松は声を震わせると同時に、瘧《おこり》にかかったように体まで震わせた。

吉蔵は刎《は》ねられている権佐の首を見て、

「見事でした」

と、敬服したように音次郎を見た。

「こやつらが犬畜生に劣る外道だというのはよくわかった」

「どういうことで……」

「家の裏に行けばひと目でわかる。この家の家族が虫けらのように殺されている。生まれて間もない赤ん坊さえも……」

「赤子を」

「せっかく戻ってきたのだ。埋めてやりたいが、よいか……」

「いずれ近くのものが見つけるでしょう」

「今日にでも見つけてくれるものがいればよいが、そうでなく日がたてば鳥や野良犬の餌食になるやもしれぬ」

「……承知しやした」

音次郎と吉蔵は庭に浅い穴を掘り、殺された家族をひとりずつ埋め、土を被せ、そ作業を終えたころには鳥たちの声が騒がしくなっており、闇が薄くなっていた。のうえに筵《むしろ》で覆いをした。

「竹松はどうするのだ？」

音次郎は縛られている竹松と吉蔵を交互に見た。

竹松はすっかり観念したのか神妙な顔つきである。

「こいつは青山様の手先を殺した下手人です。それに、旦那の顔を覚えております」

「………」

「町方に突きだしても、その先のことはよくわかっておりやす」

吉蔵はそういいながら竹松の縛めをほどいてやった。思いがけない展開に、竹松は戸惑っていた。

「お、おれはどうすりゃいいんです？」

「てめえで考えることだ」

吉蔵がどんと竹松を突き放すと、竹松は二、三歩よろけてそのまま脱兎《だっと》の勢いで逃げだした。だが、そこまでだった。

吉蔵の手から放たれた短刀が、竹松の後ろ首に見事突き刺さったのだ。竹松はたたらを踏むと、そのまま前のめりになって大地に倒れ伏した。

「旦那の顔は誰にも覚えられちゃなりません。とくにこんな悪党らには……」

そういった吉蔵は口の端に不敵な笑みを浮かべ、

「……夜が明けます。帰りましょう」

二人は夜明け前の道を歩きはじめた。

潮見坂にやってきたとき、東の空が見事な朝焼けになった。

紫紺色の空の下にたなびく雲は、黄金色に輝き、一部は朱に染まっていた。

その空の下にはさざ波を打つ江戸湾が広がっており、真砂を洗う浜から漁師たちの舟が沖をめざして動きはじめていた。

すでに沖に出ている舟は、白い帆を張って風に乗っていた。

突然、ピーッと笛のような音に驚いた音次郎が頭上を見あげると、一羽の大きな鳶がゆっくりと弧を描いていた。

「さあ、行くか……」

音次郎はそういって坂を下りはじめた。


鳥のさえずりと鶏の大きな鳴き声で、おきぬは目を覚まし、ぶるっと体を揺すった。

音次郎を寝ずに待っていようと思っていたのだが、いつの間にか居眠りをしたようだ。閉め切った雨戸の隙間から朝日が射していた。

おきぬは目をこすり、乱れた髪に手をあてて整えた。それから立ちあがって襟を正し、土間に下りた。

音次郎はついに帰ってこなかった。昨夜はいやな胸騒ぎがしてならなかったが、今は居眠りをしてしまったことを恥ずかしく思い、だらしのないことをしたと自分を責めた。

表戸を引き開けると、すがすがしい朝の空気が体にまといついてきた。

庭を横切り表に立ち、道の先に目をやった。音次郎はおろか、人影さえなかった。

我知らずため息をつき、

「旦那さん……どうしたんです……」

今にも泣きそうな不安げな顔になってつぶやいた。

すぐには家に戻る気がせず、そこに立って空を仰ぎ、まぶしい太陽に目を細めた。

道の先に視線を投げるが、やはり人の姿はなかった。

今日も帰ってこないのだろうか……。

帰ってくるなら朝餉の支度をしなければならない。そこまで考えて、おきぬは手を打ち合わせた。

旦那さんが帰って来ても来なくても、朝餉の支度だけはしなければならない。もう一度背伸びするようにして道の先を見てから、おきぬは家に戻りかけたが、振り返る寸前人の姿を目の端で見たような気がした。

慌てて振り返ると、こっちに向かってくる人の姿があった。

おきぬは切れ長の目を大きく見開いた。自然に頰がゆるんだ。

「……旦那さん」

と、小さくつぶやき、今度は大きな声を張った。

「旦那さん！」

早足で戻ってくる音次郎の姿がだんだん大きくなった。

今朝は深編笠をしていなかった。精悍《せいかん》な顔が朝日に輝いていた。

「旦那さん、帰ってきたんですね」

音次郎は白い歯を見せて微笑んだ。

「他に行くところがないからな」

「お役目は無事に終わったのですね」

音次郎はおきぬの前に立った。

「無事に終えてきた」

「それはようございました。きぬは嬉しゅうございます」

おきぬは花がほころぶような笑顔を見せた。

「おれも、おまえの元気な姿を見ることができて嬉しい」

音次郎はそういうと恥ずかしそうにおきぬの脇をすり抜けて庭に入っていった。

「旦那さん、きぬは……ほんとに……」

「なんだ？」

「いえ、今すぐご飯の支度をします」

元気に答えたおきぬは子犬のように家のなかに駆け込んだ。

音次郎は穏やかな眼差しで、そんなおきぬを見送った。

そのとき、一羽の鶯《うぐいす》が清らかな声でさえずりはじめた。

本書は２００７年５月徳間文庫として刊行されたものの新装版です。

徳間文庫

問《もん》答《どう》無《む》用《よう》

〈新装版〉

2018年10月15日 初刷

著者 稲《いな》葉《ば》稔《みのる》

発行者 平野健一

発行所 株式会社 徳間書店

東京都品川区上大崎三-一-一
目黒セントラルスクエア 〒141-8202

電話 編集〇三(五四〇三)四三四九
販売〇四八(四五一)五九六〇

振替 〇〇一四〇-〇-四四三九二

印刷 本郷印刷株式会社

製本 ナショナル製本協同組合

ISBN978-4-19-894397-4 (乱丁、落丁本はお取りかえいたします)